常怡 著

故宮裡的大怪獸

|升級版|

MONSTERS IN THE FORBIDDEN CITY

惡魔龍的真相

8

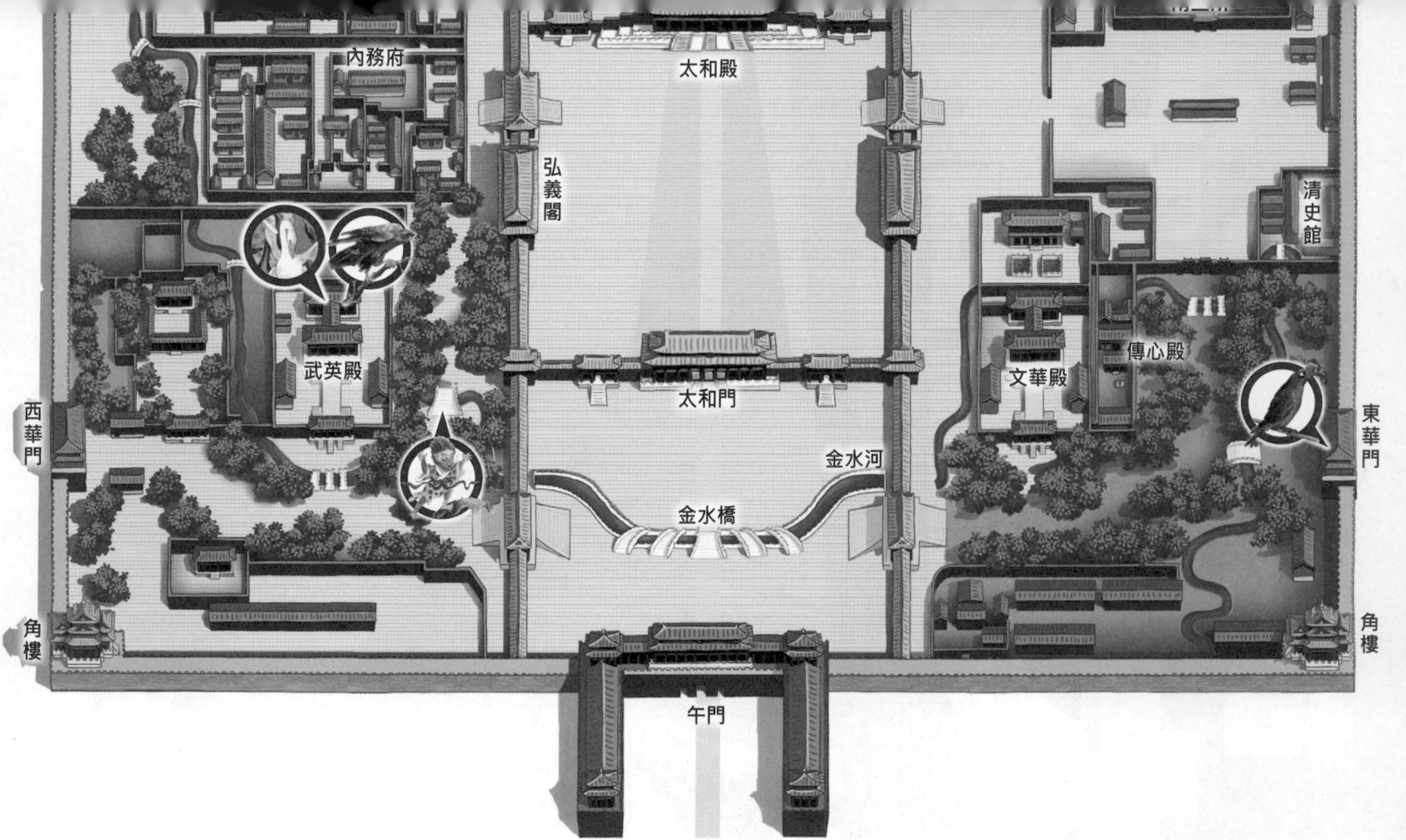

故宮怪獸地圖

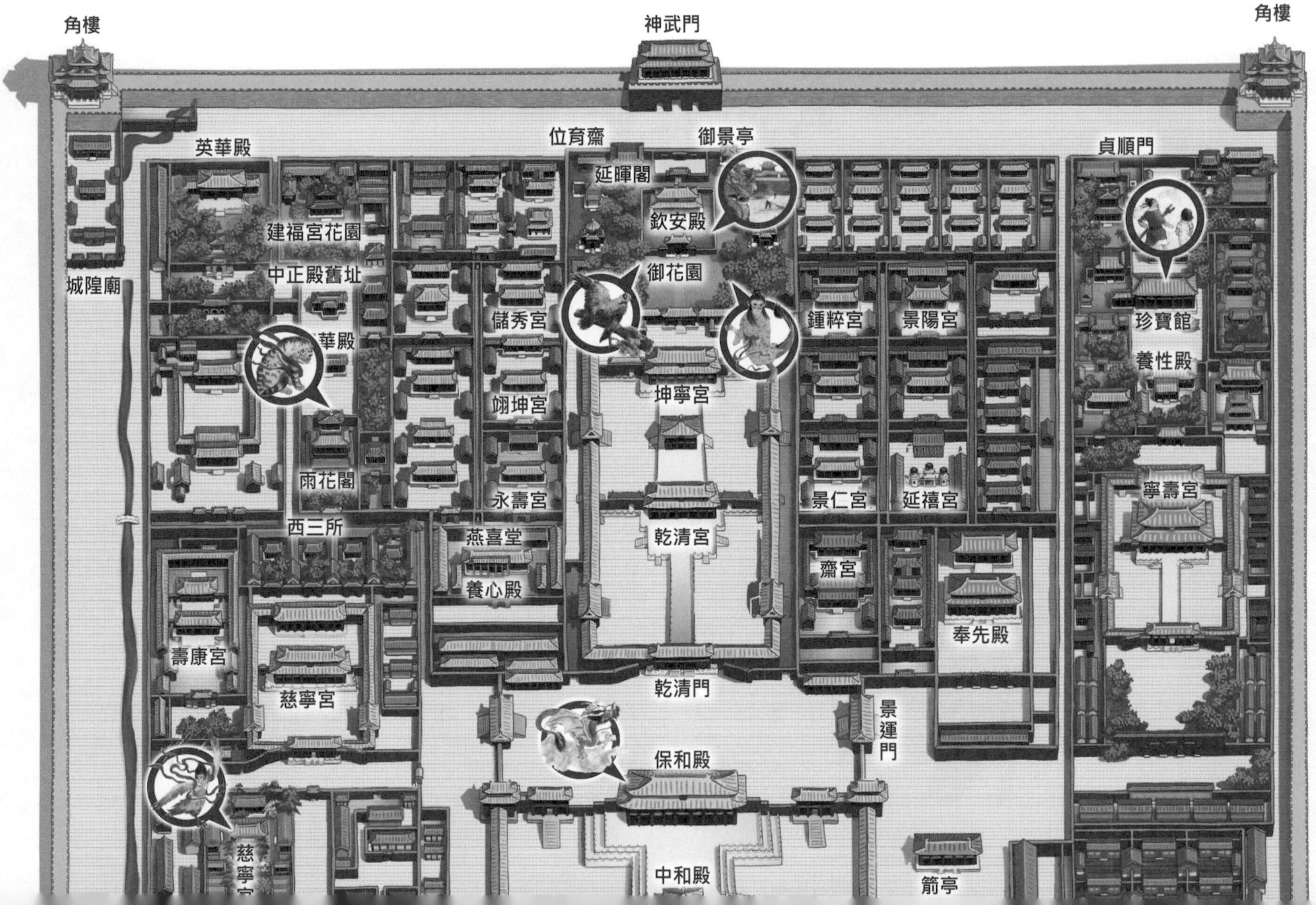
角樓
神武門
角樓
位育齋
御景亭
貞順門
英華殿
延暉閣
欽安殿
建福宮花園
御花園
中正殿舊址
城隍廟
儲秀宮
鍾粹宮
景陽宮
珍寶館
華殿
養性殿
翊坤宮
坤寧宮
雨花閣
永壽宮
景仁宮
延禧宮
寧壽宮
西三所
燕喜堂
乾清宮
齋宮
養心殿
壽康宮
奉先殿
慈寧宮
乾清門
景運門
保和殿
慈寧
中和殿
箭亭

角色檔案

應龍

中國最古老的怪獸之一。頭大身長，眼睛和耳朵很小，牙齒特別尖銳，四肢強壯，脊背有刺。他長有薄膜般的翅膀，天降暴雨時會出現在故宮。

海東青

非常兇猛的獵鷹，是滿族人的圖騰，被認為是「萬鷹之神」，傳說十萬隻鷹中才會出一隻「海東青」。他擅長捕殺大雁、兔子、天鵝等，對主人十分忠誠，是金朝和元朝時貴族們最喜歡的寵物。

靠山獸

守在斷虹橋橋頭的怪獸，從元朝起就一直守護在這裡。他長有駱駝頭、波浪般的毛髮、修長的四肢和鋒利的龍爪。沒人記得他的名字。

鬼鳥

傳說中不祥的鳥，只在夜晚出現，叫聲像行駛中的車輛發出的聲音。他真正的名字叫夜鷹，姑獲鳥、天帝女、隱飛鳥、夜遊魂等都是他的別稱。

夔(ㄎㄨㄟˊ)龍

春天時出現的怪獸，有一張年輕男人的臉和龍的身體，是獨腳怪獸。經常出現在明朝、清朝時期的瓷器上，象徵生機勃勃的春天。

商羊

獨足鳥，傳說中的神獸。大雨到來之前，她會跳起商羊舞，這種舞蹈能給人間帶來雨水。

赤烏

長有紅色羽毛的烏鴉，是象徵勝利的神鳥，常出現在皇帝出行的旗幟裡。他不小心被人類捉到，但李小雨放了他，因此得到了他送出的特殊禮物。

木虎

梵宗樓裡的戰神大威德金剛的守護神獸。他突然出現在乾清宮前丹陛御道下的老虎洞附近，在故宮裡引起了不小的騷動。

目錄

壹　惡魔龍的真相……10
貳　海東青與天鵝……36
參　忘記名字的怪獸……53
肆　玉山歷險記……70
伍　單腳怪……89

陸　老柏樹的房客……110
柒　鬼鳥的秘密……128
捌　商羊舞……144
玖　紅色的鳥……162
拾　梵宗樓的老虎……179

壹 惡魔龍的真相

故宮裡流傳著一個「惡魔龍」的傳說：每當北京下大暴雨的時候，就會有一條長相可怕、揮動著翅膀的惡魔龍，從故宮上方飛過。

「他的頭很大很大，嘴巴尖尖的，和龍大人比起來，其實長得更像鱷魚。喵。」野貓梨花神祕兮兮地說。

我瞪大眼睛，問：「會飛的鱷魚？」

「沒錯！沒錯！」旁邊的小黑點插嘴說，「他的翅膀不是鳥類那種長滿羽毛的翅膀，而是蝙蝠那種黑色的、薄膜般的翅膀，看著都嚇人。喵。」

「不光是這樣！喵。」野貓大黃故意壓低聲音說，「他啊！眼睛和耳朵很小，牙齒特別尖銳，四肢強壯，脊背上還有刺，一口就能吞下一頭牛。」

我歪著頭問：「你們說的怎麼有點像動畫影片裡那種西方的惡龍啊？」

「行什也這麼說！」梨花接過話，「所以大家才叫他惡魔龍！喵。」

原來這個名字是行什取的呀！難怪，他可是有史以來最喜歡看動畫影片的中國怪獸。

小黑點搖搖頭說：「不對，不對。海馬說，他根本不是惡魔龍，而是飛魚，是海裡的怪獸。以前明朝大官的官服上就繡著飛魚。」

「飛魚？」我皺起了眉頭，說，「我見過飛魚服，那不就是長著翅膀的龍嗎？」

「不一樣，不一樣。喵。」梨花肯定地說，「雖然有相似的地方，但和龍大人長得不一樣。」

「對了！」大黃說，「好多人說，他的樣子和我們養心殿裡展出的那座八角座鐘上的飛龍一模一樣呢！小雨要是想知道他的樣子，可以去養心殿看看。喵。」

大黃是出生在養心殿的野貓，他的媽媽是人稱「養心殿皇后」的母貓金妞。

「你們都見過這條惡魔龍嗎？」我問。

「唔……喵。」梨花搖搖頭。

「啊……沒有。喵。」小黑點說。

「呃……從沒見過。喵。」大黃搖著胖腦袋。

「那你們怎麼知道他什麼樣子？」我奇怪了。

「大家都這麼說。喵。」梨花大聲說。

「大家？你指的誰？」

「妳還記得六年前北京的那場暴雨嗎？就是淹死了人的那次。喵。」梨花問。

我點點頭，那可是北京的大新聞，一個少雨的城市，居然會有人淹死在一場超大暴雨中。

梨花接著說：「就是那次大暴雨，一隻躲在坤寧宮屋簷下的黃鼠狼親眼看見了惡魔龍。不只是他，據說還有其他動物也看到了惡魔龍，或是他的陰影。這以後，一隻老烏鴉就提起了惡魔龍的傳說，再後來，怪獸們也說，故宮裡的確有一條惡魔龍。喵。」

「妳認識那隻黃鼠狼？」我問。

「我還是一隻小貓的時候見過他，不過他在去年七月去世了。畢竟黃鼠狼的壽命只有十來年。喵。」梨花回答。

「還有其他見過惡魔龍的動物嗎？」

「聽說還有，但不知道是誰。」

「好吧！我明白了。」我說，「明天北京下大暴雨，那條惡魔龍會出現

嗎？」早在兩天前，天氣預報就發出橙色預警，說北京將有一場超大暴雨來臨。

我看著身邊的野貓們，他們哪有一點害怕的樣子？明明每隻貓都兩眼放光。

「一定會！喵。」梨花尖叫道，「這將是《故宮怪獸談》明天最大的新聞！」

「妳不怕……他吃了妳？」我做了鬼臉。

「關於這件事，還真有傳聞。」梨花做出思考的樣子，「聽說一百多年前，他出現時曾經吃掉了侍衛的一匹馬！喵。」

「不對，不對，不是馬，是驢！喵。」小黑點拼命地搖頭。

「侍衛哪有騎驢的？」大黃反駁牠，「我聽說，是吃掉了一個太后的宮女！那條惡魔龍只吃沒結婚的少女。喵。」

「少女？」我打了個冷顫，「就像我這樣的女孩嗎？」

「妳？」大黃的頭搖得像臺電風扇，「不不，妳不用擔心，惡魔龍應該只吃漂亮的少女。喵。」

「對，皮膚更白一點的。喵。」小黑點跟著說。

梨花點點頭，「沒錯，妳看起來一點都不好吃，肉太少。喵。」

我撅起嘴，「說得好像你們比我好吃似的！最好惡魔龍來的時候，把你們一個個都吃掉。」

「他好像沒吃過貓……喵。」大黃轉頭問其他野貓，「你們聽說過他吃故宮裡的貓嗎？」

「沒有。」小黑點搖頭，「說實話，故宮裡的動物們好像沒有親眼見過他吃東西的。喵。」

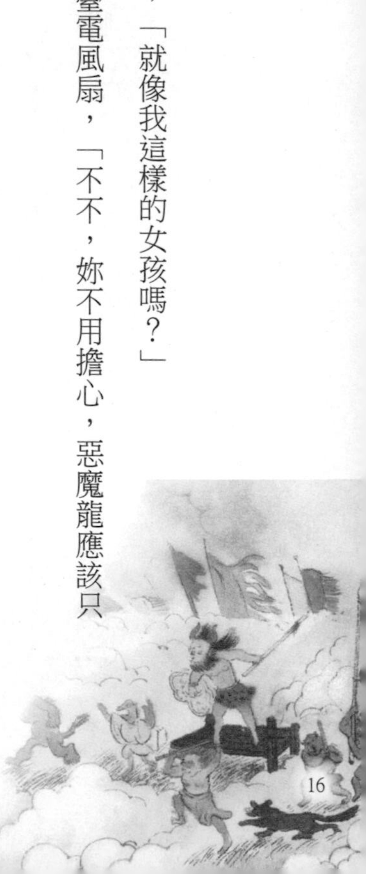

「不要說吃東西了，現在故宮裡的動物應該都沒見過惡魔龍。這和他出現得比較少有關。要知道，北京可以連續幾年都不會下一場暴雨。喵。」梨花分析道。

「好吧，如果明天的大暴雨他真的出現，我希望能親眼見見他。」我站起來，準備離開。

「我和妳一起去。喵。」梨花邁著小碎步跟上來，「要是能採訪他幾句，就更好了。」

「希望明天咱們倆不會被他吃掉。」

晚上，當我告訴楊永樂第二天要去找惡魔龍的時候，他笑得肚子都痛了。

「妳說那條只吃少女的惡龍？」他一邊說，一邊捂著肚子笑。

「沒錯，你也聽說過？」我真不知道這有什麼有趣的，問他，「你要和我一起去嗎？」

「相信我，肯定是動物們看走眼了。故宮裡不會有惡獸存在的。」他說。

「可是，連神獸們都說惡魔龍存在呢！」

他眨眨眼睛，「故宮裡的怪獸們就喜歡製造恐怖氣氛。」

「你就一點都不好奇？」我看著他，這可不像是平時的楊永樂。

「也不能這麼說……有一點吧！」他低下頭。

「你不會是害怕惡魔龍吃了你吧？」

他「噗嗤」笑了，卻沒有回答。

我搖搖頭，沒想到楊永樂這麼膽小。

「好吧！那我和梨花去。」

「那隻八卦貓也去？」楊永樂一下子抬起了頭。

「是的，有什麼問題嗎？」我看著他，楊永樂今天有些奇怪。

「不，不，當然沒問題。」他吞吞吐吐地說，「我只是在想，我還是跟妳們一起去吧！萬一有什麼危險，至少還有個男孩能幫妳們擋一下。」

我瞇起眼睛，「你說的那個男孩是你？」

「當然，故宮還有別的男孩嗎？」他抬起下巴。

我「哼」了一聲：「如果真的遇到危險，你肯定比誰跑得都快。」

「才不會！」

「等著瞧吧！」

第二天，還沒等到天亮，烏雲就捲著暴雨來了。耀眼的閃電照亮了天空，劇烈的雨聲甚至蓋住了轟隆隆的雷聲。

「幸虧是星期六，這麼糟糕的天氣可沒辦法送妳上學。」媽媽嘟囔著。

「嗯嗯！」我翻出雨衣和雨鞋。

媽媽瞪大眼睛看著我：「下這麼大的雨，妳要去哪兒？」

「去找楊永樂！」

我套上雨鞋，穿上雨衣後仍然覺得不保險，又找出一把雨傘。這下總不會被淋濕了吧？

「要小心人孔蓋！」出門的時候，媽媽叮囑我。

「知道了！」

走出屋門不過幾分鐘，我渾身都被淋濕了。雨鞋裡灌滿了雨水，雨傘和雨衣在這麼大的暴雨面前，根本幫不上我什麼忙。

雖然是星期六，但是故宮裡一個遊客也沒有，看來誰也

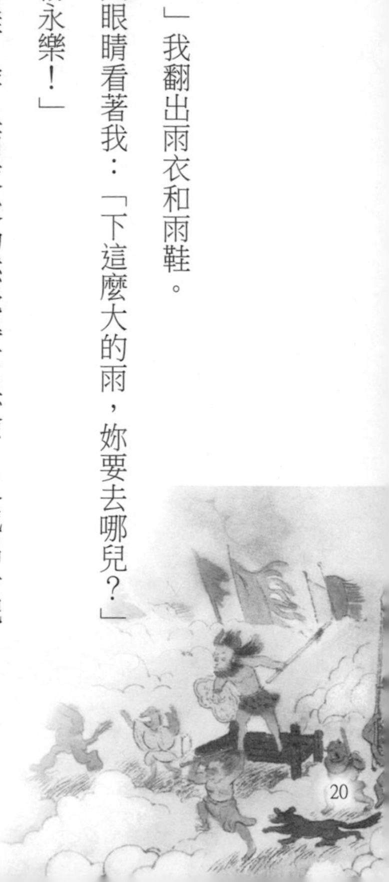

不想在這種壞天氣冒險。宮殿間的石板路已經變成了水塘，一個不小心，我的雨鞋就卡在了磚縫裡。我把傘扔到一旁，用力去拔雨鞋，結果用力太猛，一屁股坐到水塘裡。

就在這時，一個藍色的影子在我頭頂晃了一下。我抬起頭，看見一個冰藍色的怪獸揮動著他蝙蝠般、半透明的翅膀，飛過宮殿的屋頂。

雖然雨水模糊了我的視線，我仍然被他藍水晶般剔透的巨大身影迷住了。如果不是因為翅膀在搧動，我幾乎會認為那是飄在半空的一座冰雕。

「喂！」我用力大叫，「喂！等等！等等！」

他繼續往前飛，似乎沒有聽到有人在叫他。暴雨與雷鳴聲中，我的喊叫聲就像蚊子聲一樣細小。

然而就在我覺得沒希望的時候，他卻突然停下來，回頭看了我一眼。

「喂喂！看得見我嗎？」我一下子跳起來，對著他揮手，「我在這兒！這兒！」

他轉過身體，停到水塘裡，就在我身邊。他和傳說中的差不多，除了那冰藍的顏色。他的眼睛清澈幽深，但很冰冷。不知道是不是我的錯覺，每當他搧一下翅膀，暴雨似乎就下得更大一些。

「你好！」我擦了一把臉上的雨水，大聲說，「我叫李小雨！我正在找你！」

「找我？」他露出白森森的牙齒，它們和傳說中一樣尖銳，像一根根冰柱。

我往後退了一步，「對，我聽說過你的傳說。」

「我的傳說？」他有了點興趣，「你們是怎麼說我的？」

「聽說你是惡魔龍，會在大暴雨的時候出現，還有……只吃少女。」

他裂開了嘴角，看起來像是在笑。「如果這個傳說是真的，妳站在這裡不是很不明智？」

「我並不相信他們說的話。」雖然嘴裡這麼說，我還是忍不住往後退了一大步。「他們見都沒見過你，怎麼會知道你吃什麼？」

「我很高興故宮裡還有聰明人。」他微微點頭，「那些傳說的確很可笑。事實上，和少女相比，我更喜歡吃海鮮。」

我鬆了口氣，又擦了一把臉上的雨水。「那你為什麼叫惡魔龍？」

「我怎麼知道？」他低頭看著我，說，「也許是其他怪獸們的惡作劇。」

「你指的是故宮裡的神獸們？」我瞇著眼睛，雨絲讓我睜不開眼睛。

「對，就是那些小東西們。」他望了望烏雲密布的天空，「好了，我想我該走了。」

「不，別走！」我往前邁了一步，「我還不知道你的真實名字。」

「我是應龍，是這裡最古老的怪獸。」他回答。

「比故宮裡其他怪獸還要古老？」我瞪大眼睛。

「當然。」

「能跟我講講你的故事嗎？應龍。」我不知道哪裡來的勇氣，一把抓住了他的翅膀。那翅膀滑滑的，如雨水般冰涼。

他搖搖頭，「我不太善於講故事，說話這件事總是讓我覺得費勁。不過，如果妳真的想知道我的故事，我倒有另一種方式。不知道妳願不願意試試看？」

「我願意！」我毫不猶豫地說。

「那來吧！」

應龍揮動了一下翅膀，然後將雙翼平平地伸展到地上。我爬了上去，用雙臂緊緊抱住應龍冰涼的脖子。

應龍迎著風雨朝著烏雲的深處飛去，故宮在我們下面變得越來越小。我不知道他要帶我去哪兒，但是卻不害怕。

他衝過雲層，烏雲的上方沒有雨也沒風，一片光亮，卻冷得出奇。應龍並沒有停留，而是俯身向下飛去。再次穿過雲層後，雨停了，但烏雲並沒有散去。我奇妙地感應到，自己已經來到了另一個世界，一個不屬於我的世界。

濃密的烏雲之下，我可以遠遠地看到一條長長的河流。離河流不遠的大山裡，正冒著白色的濃煙。

濃煙是從一個奇怪的人嘴裡噴出來的，他長著人的身體，牛的蹄子，頭髮像黑色三叉戟，上面還長著一對牛角。

「他是誰？」我趴在應龍耳邊問。

「蚩尤。」

應龍的回答讓我大吃一驚，蚩尤？那不是五千年前九黎氏族部落的首領嗎？

就在這時，另一個奇怪的人出現在濃煙中，他長著四張臉，手握鼓槌，把一面大鼓敲得震天響。我瞪大眼睛，他長得就像書中華夏部落的首領黃帝，難道我眼前的就是那場著名的大戰——涿鹿之戰？

我小學二年級的時候，就看過涿鹿之戰的故事了。書中說，黃帝捉來了夔獸，用他的皮做成戰鼓，又用雷獸的骨頭做成鼓槌，敲擊之下，戰鼓的聲音可以傳五百里那麼遠。

「隆隆」的戰鼓聲中，熊、狼、豹子、老虎等野獸，還有很多我不認識的

怪獸朝著蚩尤的方向奔去，而迎戰他們的是人頭獸身的巨人和山神、樹精們。一時間，山谷的濃霧中，都是廝殺和喊叫的回聲。我從沒見過這種樣子的巨獸們，他們大多鱗片幽暗，好似煙燻火燎一般，完全不像故宮裡那些怪獸們全身都是金色、綠色、紅色等明亮的顏色。他們的眼睛看起來像通紅的煤塊一樣閃閃發光，鼻孔中冒著蒸氣。

慢慢地，山谷中的煙霧更濃了，濃得我已經看不清任何東西，整座山都被籠罩在淡黃色的濃煙中。就在這時，一道閃亮的紅光從濃煙中心射出來，我身下的應龍彷彿得到了什麼信號，立刻揮動巨大的翅膀。幾乎同時，一場暴雨從天而降，煙霧瞬間被雨水打散。雨水在山谷裡慢慢變成了水塘、湖泊，眼看蚩尤的巨人和鬼怪們就要被淹沒在雨水之中。但不知道為什麼，大風突然改變了風向，所有的狂風暴雨向黃帝的戰士們捲去。這時，兩個穿白衣的人出現在我

們對面的雲端，是風伯和雨師，就是他們把應龍的雨水改變了方向。

「糟糕！」我大叫出聲。

「別急。」應龍卻一點也不慌張。

「這樣下去，你們就輸了！」

「不會的。」他慢慢地揮動著翅膀，說，「妳看，她來了。」

「她？」

我順著他指的方向看去，就在不遠的地方，天空中一道金光閃過，一位女子飄然降落到山谷裡。她穿著青色的長裙，兩隻眼睛長在頭頂上，像風一樣走得飛快。她走過的地方，風雨會立刻停止，湖泊瞬間變成乾涸的土地，樹木也都乾枯而死。

「她是誰？」我問。

「她是女魃，乾旱之神。」應龍嘆了口氣，說，「好了，我們走吧！」

說完，他再次揮動翅膀衝上雲霄，等再落下的時候，我們已經回到了大雨中的故宮。

我從應龍的背上滑下來，躲到他的翅膀下避雨。

「你剛才給我看的是上古時代的涿鹿之戰？」我驚魂未定地問。

「是的。」應龍點點頭。

「難道我們剛才穿越到了五千年前？」

「不，我只是幫妳進入了我的記憶。」他回答。

「所以，你是上古時期的怪獸？」

「沒錯，我本來應該在那場戰爭之後離開人間，但是因為在戰爭中消耗能量過大，我再也沒有力量飛回天庭，只能留在這裡了。」

「那為什麼故宮裡的其他怪獸會說你是惡魔龍呢？」我問。

應龍微微一笑說：「呵呵，這不過是小孩子們的惡作劇。我和故宮裡其他怪獸不同，我喜歡睡覺，經常一睡一百年，除非是暴雨的聲音，其他的聲音都喚不醒我。有的時候一覺醒來，我身上已經積滿了塵土，變成了山丘，長滿了樹木。所以，我很少會出現在故宮裡，也從不和其他怪獸說話，他們不過是覺得我很奇怪而已。」

「看來我今天運氣不錯，不但能和你說那麼多話，還親眼看到了你的故事。」我笑著說。

「妳不是第一個有好運氣的孩子。」他說，「六年前，我還曾讓一個小男孩看到了我的故事。」

我吃了一驚，問：「他也是故宮裡的孩子？」

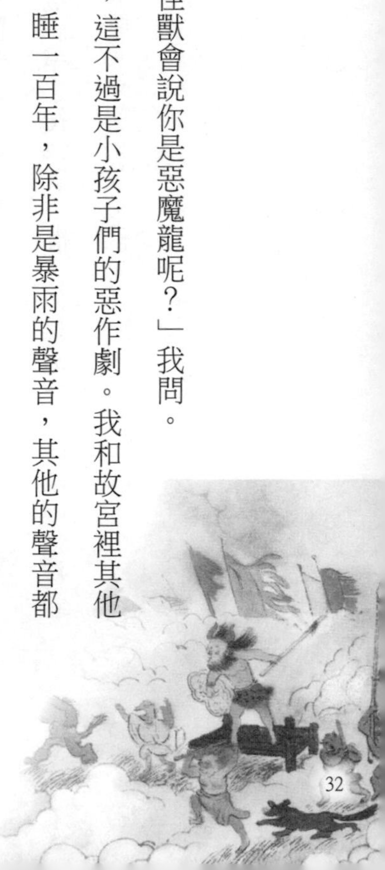

「是的，如果我沒記錯，他應該叫楊……」

「楊永樂？」

「對，對，就是這個名字。希望妳能和他一樣，對我的故事保密。我可不想別人來打擾我的美夢。」

原來楊永樂早就知道惡魔龍的真相了，還和我裝傻。哼！

「我會保密的。」我痛快地答應。

他打了一個大大的哈欠，不知道看到了什麼，突然警惕起來。我順著他的眼神望去，一個小小的白色身影正朝我們的方向跑來，不一會兒她就跑到了我面前，是梨花！

「惡魔龍呢？喵。」她急著問，「我明明看見他和妳在一起！」

「咦？」我猛然回頭，剛才還在身後，用翅膀幫我擋雨的應龍已經不見了。

「啊！在那兒呢！」梨花突然看著天空大叫。

我抬頭一看，應龍正憑藉他半透明的雙翼在空中滑翔上升，在飛了一個大大的圈子後，就消失在厚厚的烏雲中。

「太可惜了！差一點就可以採訪到他了！喵。」梨花咬著牙說。

「嗯！」

「他和妳說什麼了嗎？喵。」

「這……」我想起和應龍的約定，於是說，「沒說什麼。我只問了他的名字。」

「他不是叫惡魔龍嗎？喵。」

「不，他叫應龍。」我回答

「應龍？」梨花大叫起來，「保和殿後面丹陛石雕上的應龍？他還在故宮

裡？我以為他早就離開了呢！」

「看來是沒有離開。」我笑著說。

不知道是不是因為應龍飛走了，身邊的雨慢慢變小，不久就停了。灰色的雲縫裡，露出了明朗得讓人吃驚的藍天，猶如應龍身上的顏色。

貳

海東青與天鵝

大幅的海報很快就掛出來了，臺北故宮要和北京故宮聯合舉辦金朝珍品展。故宮裡主要的道路兩側都擺上了展覽的指路牌。遊客們早早就來打聽展覽的時間，在網路上訂好了門票。大家都知道，這是很難得的展覽。

「要去看看嗎？」楊永樂問我。

我搖搖頭，一心只希望藏品們都能乖乖地待在展廳裡直到展覽結束。我還清晰地記得，上次臺北故宮藏品在首都博物館展出時，我是怎麼被怪獸辟邪帶到那裡，並從可怕的饕餮那裡逃命的。

所以，你們就可以理解，當我在半夜被野貓梨花叫醒，告訴我武英殿出事了需要我幫忙時，我是有多麼的不情願。

「出什麼事了？」我十分猶豫，「我有必要去嗎？怪獸們不能解決嗎？」

「是斗牛讓我來找妳的。喵。」梨花在陽臺上踱著步，說，「『天鵝玉佩』

上的天鵝堅持不能與『玉海東青啄雁飾』上的海東青擺在一起，武英殿都快被他們兩個鬧翻天了。」

我睜大眼睛問：「妳是說，斗牛讓我過去幫忙，只是因為兩隻鳥吵架？」我還以為出了什麼天大的事情。

「不光是妳，斗牛也讓小黑點去找楊永樂了。喵。」梨花說，「他說現在需要人類的智慧。」

我瞇起眼睛說：「妳不覺得解決鳥類之間的衝突，鳳凰出面會更好嗎？他可是百鳥之王，誰敢不聽他的？」

「鳳凰大人已經去過了，但是天鵝仍然不願意讓步。」梨花搖著頭說，「時代變了，現在是鳥鳥平等的時代，就算是鳳凰大人也不能強迫他們做什麼，能解決問題的方法只有互相理解。你們人類不是最擅長這個嗎？喵。」

「要是人類擅長互相理解就不會有那麼多的戰爭了。」我翻了一下白眼，問，「天鵝為什麼不願意和海東青擺在一起呢？他們有什麼仇恨？」

梨花回答：「天鵝說他並不是針對『玉海東青啄雁飾』上的那隻海東青，純粹是物種原因。天鵝就不能與海東青並存。喵。」

物種問題？我大吃一驚：「鳥類中也有種族仇恨這種事？連我們人類這麼小心眼的物種，都已經知道種族仇恨是特別可笑的事情，在全世界都拋棄偏見的時候，動物界居然還有這種事發生？」

「以前故宮裡從沒出現過這種問題。」梨花搖著頭說，「在怪獸界和動物界，即便相互是天敵，比如狼和兔子、老虎與羚羊，他們之間也不存在仇恨，大家都明白那是食物鏈，都是為了生存而已，談不上一個物種仇恨另一物種。今天這件事純屬意外。喵。」

「你們沒有勸勸他們？」我問。

「斗牛和鳳凰大人跟他們講了幾個小時的道理……喵。」

「他們聽進去了嗎？」

「當然沒有。喵。」梨花說，「要不然我就用不著來找妳了。」

我想了想，覺得問題沒有那麼複雜。

「為什麼不乾脆給他們換個位置，不要在相近的位置，不就行了？」我建議。

「這個方法的確最簡單，但是這並不是在解決問題，而是在逃避問題。」

梨花提高聲音說，「斗牛說得對，故宮裡絕對不能存在物種間互相憎恨這種事情。所以妳還是去一趟吧！斗牛和鳳凰大人叫妳過去，一定有他們的道理。喵。」

我點點頭，梨花說得對，雖然只是兩隻鳥吵架，也不能小看這個問題。於是，我穿上運動鞋，跟著他向武英殿走去。

夜色如墨汁，融化在一片寂靜裡。這時候的故宮看起來平靜又平和。

「『天鵝玉佩』上的天鵝有什麼朋友嗎？」我問梨花。

「這個藏品是臺北故宮送來展覽的，和他一起來的『大雁玉帶』上的大雁，《梅石溪鳧圖》上的野鴨們是他的好朋友。」梨花回答說，「聽說他在臺北故宮的人緣一向很好。喵。」

「他的朋友們有沒有勸勸他？」

「當然勸了，但天鵝大哭著說，地球上只有一個物種，他堅決不能與他靠在一起，那就是海東青。如果他這麼做，他就對不起天鵝的列祖列宗。喵。」梨花怪聲怪氣地說。

「所有天鵝都像他這麼想嗎？」

「誰知道呢？不過，天鵝一直是比較固執的鳥類。喵。」

武英殿，曾經是清朝皇帝們收藏書籍的地方，那濃濃的書香在寬闊的殿堂裡飄而不散，是特別適合展覽文物的宮殿。而此刻，閃閃發亮的玻璃櫃前，斗牛、鳳凰和楊永樂正皺著眉頭站在那裡，看著一隻雪白的大鳥。

好漂亮的天鵝啊！我睜大眼睛，除了鳥嘴是嫩黃色的以外，他的整個身子都是雪白的，白得炫目。他旁邊的展櫃上，站著一隻鷹，與天鵝正相反，他披著一身黑亮的羽毛，一對小小的眼睛炯炯發亮。他的體型還沒有天鵝一半大，但誰都知道，海東青是世界上最兇猛的鷹。他在滿洲語中被叫做「雄庫魯」，意思是世界上飛得最高和最快的鳥，有「萬鷹之神」的含意。傳說中十萬隻鷹中才會出一隻「海東青」，他是滿洲族系裡最高貴的圖騰。他們擅長捕殺大雁、兔子、天鵝，對主人十分忠誠，是金朝和元朝時貴族最喜歡的寵物。

海東青的身邊，還站著一隻灰色的大雁，他的個頭和天鵝差不多，暗色的羽毛讓他沒有像天鵝那樣受人矚目。

「小雨，妳來了。」斗牛和我打招呼。

這個可憐的怪獸是龍的祕書，每當龍偷懶的時候，都會把他推出來解決故宮裡的各種問題。

「還沒解決嗎？」我問他。

斗牛皺著眉頭搖搖頭。

我轉身面向楊永樂：「你有什麼好辦法嗎？」

楊永樂搖搖頭說：「物種的問題我不擅長，我可是那種認為神、鬼、人都應該和平相處，宇宙萬物平等的人。誰知道這隻天鵝的腦袋裡在想什麼？」

看來，只有讓我試試看了。但我該從哪兒說起呢？

我還沒想好開場白，天鵝倒是先說話了。

「妳好，李小雨。我已經聽說了，妳是個聰明的小姑娘。但我請妳不要勸我了，那完全是白費力氣。」他說，「我很珍惜這次來北京故宮的機會，畢竟我曾在這裡被收藏了幾百年。對我來說，從臺北故宮回到這裡，就像回到家鄉那麼的親切。我並不想破壞這次展覽，我喜歡武英殿，喜歡這裡的一切。」

「那你打算接納海東青了？」我問。

「我真的希望我可以！」天鵝悲傷地說，他連悲傷的樣子都那麼優雅。「可是我不能。」

我停頓了一下，說：「我知道海東青是天鵝的天敵，但他們不是你們唯一的天敵對嗎？狼、狐狸、鷗……還有我們人類，和這些天敵的雕塑擺在一起都會讓你感到不舒服嗎？」

「一點都不會。」天鵝回答，「所謂的天敵不過是大自然的食物鏈決定的，大家都是為了生存下去，哺育後代，沒有誰對誰錯。當然，人類除外。這種連麻雀都明白的道理，我們天鵝當然明白。但是，我就是不能與海東青擺在一起。」

我轉向大雁，正在發呆的大雁被我嚇了一跳。

「海東青捕捉的大雁比天鵝還多，你也不能和海東青擺在一起嗎？」我問大雁。

「不會。」大雁搖著頭說，「妳看，這次展出的不就是『玉海東青啄雁飾』嗎？就是海東青捕捉我們，我們卻無路可逃的場景。可是，我們大雁並不憎恨海東青，大家都有自己的使命，不是嗎？」

我贊同地點點頭，轉向天鵝問：「那麼你們天鵝和大雁有什麼不同嗎？」

「當然不同！從我出生起，就知道海東青是不可原諒的。」天鵝說，「一般的天敵捕捉我們只是為了吃掉我們的肉來生存，但是海東青不是。他們殺死我們，並不是為了吃掉我們的肉，而是為了從我們的嗉囊中獲得東珠，來討好他的主人……」

「不是討好。」一直沒有出聲的海東青說話了，「海東青和獵犬一樣，是要絕對忠於主人，我們只是去完成主人給我們的任務。海東青憑能力工作，用不著討好誰。」

「不過……這樣做實在太殘忍了，不是嗎？」我看向海東青，他給人類似軍人般的彬彬有禮、服從命令的感覺，他黑色的小眼睛裡透著堅毅的光芒。

「難道軍人衝鋒前還要考慮殺掉目標是不是殘忍嗎？」海東青反問，他看了看我，接著說，「幾百年來，人類都喜歡東珠，視它為最珍貴的珍珠。連皇帝的皇冠和朝珠上，都不能缺少它。但是，現在還有誰知道，東珠只在遠東的松花江、黑龍江這些地方才能找到。東珠的珠蚌在十月成熟，但這個時候，河水已經結冰，十幾公尺厚的冰面，人們根本無法鑿開來尋找東珠。但是，當地的天鵝卻能尋找到冰面最薄的地方，啄開冰面，吃裡面的珠蚌，並將東珠藏在自己的嗉囊中。這就是為什麼我們的主人會在那時候讓我們捕捉天鵝。」

「真的太過分了！」我憤怒地說，「古時候的人怎麼能就為顆珍珠，做這麼殘忍的事情！我真為那些人感到羞愧和內疚。」

「這也是沒辦法的事。」海東青反過來安慰我說，「這是他們的工作，就像獵人和伐木工一樣，從天鵝那裡拿到東珠，也是我們的主人們的職業。他們會把這些東珠獻給皇帝，賺來的錢用來養家。」

「世界上有那麼多工作，為什麼非要選擇這種職業？」我喃喃地說。

我轉向天鵝：「現在你知道真正的幕後兇手是誰了，不是海東青，而是我們，人類！如果非要恨一個物種，你就恨我們人類吧！」

「我無法相信……」天鵝遲疑地說。

「這好辦，我可以去找這方面的歷史書來給你看。人類一定有這方面的記載。」我說，「而且，你們天鵝是鳥類中最聰明的物種之一，你可以自己分析一下，海東青根本不吃珍珠，那玩意兒誰吃下去都不會消化。那他要東珠做什麼？戴著玩？你看過哪隻海東青的身上戴過珍珠項鍊？」

天鵝沉默了很久，才說：「即便這是事實，那海東青也是幫兇。」

「幫兇……也可以這麼說，但主要的責任還在我們貪心的人類。」我試著詢問，「現在你願意挨著他，一起展出了嗎？」

天鵝不自在地扭動了一下身體，小聲說：「我可以試試看。我還不確定……」

「那就試試看吧！」我鼓勵他。

於是，「玉海東青啄雁飾」、「天鵝玉佩」、「大雁玉帶飾」回到了展臺上，武英殿裡安靜下來。

鳳凰和斗牛感激地對著我笑了笑，楊永樂佩服地拍了拍我的肩膀。梨花則在一旁忙著記筆記，為明天的《故宮怪獸談》準備頭條新聞。

窗外，夜已經深了，我們轉身準備離開。然而，就在這時候，身後的天鵝痛苦地蹦出一句：「天啊，我還是做不到！」

我皺著眉頭回到展臺前，天鵝已經跳下展臺，站在牆角。這可怎麼辦？

我蹲在展臺前，一會兒看看天鵝，一會兒看看海東青，一時也想不出什麼好辦法。

「現在東北那邊還有你說的那種殺死天鵝、獲取東珠的職業嗎？」我問海東青。

他搖著頭說：「早就沒有了。」

我鬆了口氣，說：「太好了，這麼殘忍的職業，現在肯定沒人願意做了。」

「這個職業並不是因為殘忍才消失的。人類的很多職業比這還殘忍，但只

要有豐厚的報酬，仍然有人願意去做。」海東青說。

我點點頭，沒想到海東青這麼瞭解人類。

「那為什麼消失了呢？」

「因為，我們已經滅絕了。」海東青回答，「再也沒有一種鷹能為人們捕捉到天鵝。」

「滅絕了？」突然，天鵝「呼」地一聲飛到了我們面前。「你是說這個世界上已經沒有活的海東青了？」

海東青悲傷地點點頭，說：「是的，我們這種鷹類已經滅絕上百年了。」

「哎！你怎麼不早說？」天鵝親熱地靠過來。「別太傷心了，大概再過幾年，我們天鵝也會滅絕。這幫人類實在太可惡了。」他居然開始安慰起海東青來。

我、楊永樂、鳳凰、斗牛、梨花吃驚地看著他們，天鵝態度的轉變來得也太快了。

「沒事了。」天鵝對海東青說，「你早該告訴我，海東青已經滅絕的事情。現在我們好好聊聊天怎麼樣？說實話，對你們我還真有點好奇。」

事情就這樣解決了？我有點不敢相信。看來，我是無論如何也搞不懂天鵝腦子裡的想法的。

叁

忘記名字的怪獸

星期天的傍晚，我和楊永樂、梨花在故宮裡玩捉迷藏。

原本說好只在武英殿裡藏，結果那隻調皮的野貓總是不守規矩藏到外面去，於是，我們捉迷藏的範圍越來越大。

這次，輪到我來找，他們兩個藏。

「一、二、三……三十。我要找了！」

我轉過身，武英殿的院子裡空蕩蕩的，宮殿的大門都上著鎖。哼！他們兩個準又藏到院子外面去了。

於是，我走出武英殿，轉了一個彎，還是沒人。他們躲到哪裡去了？我有些納悶。

又轉了一個彎。

「咦？」

我愣住了，眨了兩下眼睛。眼前出現了一座不太眼熟的石橋，橋上雕刻著一隻隻活靈活現的小石獅子，橋下是綠絲帶般的內金水河。

故宮裡有我不知道的石橋嗎？自己究竟在什麼地方？怎麼走錯的路？我竟然一時糊塗了。

就在這時，右手邊大柳樹後有個影子一閃而過。

「喂！楊永樂！我看見你了！」我追了過去。

身邊的一排柳樹搖動著枝條，那影子卻在一閃過後消失了。看來不是楊永樂，也不可能是梨花，就算野貓也跑不了那麼快。發現這點時，我已經跑過了石橋，來到一個更加陌生的世界。

這裡到處都是高大的柳樹，沒有風，細細的、女人長髮般的柳枝卻不停地搖擺著。我屏住氣息，武英殿這邊曾經有過這麼多的柳樹嗎？

「楊永樂！梨花！」

我一反常態地有些慌了。這個陌生的地方，我只想快點離開。就在我轉頭要走的時候，卻突然聽到了這樣一個聲音：「在這兒……」

我吃了一驚，回頭看去。就在兩棵大柳樹中間，有間小小的、金頂的房子，像一座小小的廟堂。而聲音，就是從那裡傳出來的。

我出現幻覺了嗎？故宮裡怎麼可能有這麼小的房子？我悄悄地走過去，凝神向窗戶裡望去。我一眼就看到了楊永樂的側臉，往下看，梨花乖乖趴在他的膝蓋上。一股不祥的預感湧上來，梨花可不是那種會趴在人類的膝蓋上撒嬌的野貓。

「誰呀？」有個陌生的聲音響了起來。

一瞬間，我說不出話來了。只是睜大了眼睛，喘著粗氣。於是，那個聲音

又問了一遍：「誰呀？」

「我……來找我的朋友。」

「朋友？啊，那進來吧！」

還沒等我伸手去推，屋門「嘩」地一聲自己打開了。一個怪獸，我從來沒見過的怪獸端端正正地坐在裡面，楊永樂和梨花則一臉蒼白地坐在他身邊。

「今天怎麼有這麼多客人啊？請進。」嘴上雖這麼說，怪獸臉上卻沒有一點高興的樣子。

我猶猶豫豫地邁進屋子裡，門在我身後又「啪」地一聲自己關上了。屋子裡一下子暗下來，只有糊著白紙的窗戶透進一點光亮。

「坐吧！」怪獸指著楊永樂身邊的一把椅子。

我搖著頭，「不坐了，我們馬上就走。」

我偷偷捅了一下楊永樂，他卻一動也不動，只用受驚嚇的眼睛看了看我。梨花更是雕塑般地趴在他腿上。他們到底怎麼了？我皺皺眉頭。

「還是先坐下吧！我正和妳的朋友們聊天呢！」怪獸看起來挺溫和的，「我這裡至少有兩百年沒有人類闖進來過了，很想聽聽外面的事情。妳叫什麼名字？」

「我叫李小雨，你呢？」

「我不記得自己的名字。」怪獸回答，「妳覺得我是什麼怪獸呢？」

我上下打量著他，長長的、海浪般的毛髮，修長四肢，鋒利的龍爪，駱駝一樣的頭，尖尖的牙齒，身上披著魚鱗，有點像朝天吼，又有點像龍，但既不是朝天吼，也不是龍。

「我……猜不出來。」

「哎呀呀，怎麼誰都不知道呢……難道要我永遠只當靠山獸嗎？」

「靠山獸？原來你的名字叫靠山獸。」我笑了。

「哈哈……」怪獸也笑了，露出尖銳的牙齒卻讓我打了個冷顫。「無知的小姑娘，任何怪獸，只要守護在石橋上都可以被叫做靠山獸，獅子、麒麟、龍……那不是個名字，只是個職務。」

他突然靠近我，一雙鱷魚眼般的眼睛緊緊盯著我說：「要不然，妳給我取個名字吧？沒有名字實在太痛苦了。」

「我？這怎麼行？」我直往後躲。

「怎麼不行？我們怪獸的名字不都是你們人類取的嗎？」他說，「妳也給我取一個讓我滿意的名字吧！否則就和以前那些人一樣變成柳樹，怎麼樣？」

變成柳樹？我大吃一驚，怪不得楊永樂和梨花都被嚇成那樣，門口那些柳樹居然是人變的。

我看看楊永樂，又看看梨花，他們也在看我。這兩個傢伙，玩捉迷藏，好好找個地方躲不就行了，怎麼會偏偏躲到這種地方？取個名字是不難，但是什麼樣的名字才能讓眼前這隻怪獸滿意呢？萬一說出來的名字不滿意，我們可就變成柳樹了。我的腦袋裡亂成一團。

「嗯……」我決定先拖延時間，「既然你讓我們幫忙取名字，總要先講講自己的來歷吧？」

「有道理。」怪獸放低了聲音，嘀咕了一句，就開始講自己的故事了，「我啊，是這座皇宮裡生活得最久的怪獸。算起來，怎麼也有七八百年了。」

「這怎麼可能？」楊永樂忍不住出聲了，「故宮建好也還不到六百年。」

「沒錯。」怪獸點點頭，「所以，早在這座皇宮存在前，我就已經待在這

裡了。那時候，這裡還是元朝的宮殿。甚至我聽到有人說，比這更久以前，在宋朝的時候，我就已經在這裡了。但是，那麼久的事情，我早就記不起來了。我能記得的就是自己坐在元朝宮城的崇天門前，背後的石橋猶如彩虹般明豔。那時候，我守護的橋叫做周橋，不是一座，而是三座，因為像三道彩虹橫跨金水河，所以也被人們稱為三虹。」

他像想起了什麼，出了一會兒神，才接著說：「那應該是我最輝煌的日子吧！橋上雕刻著盤龍，只有皇帝和擁有權勢的人類，才能從我守護的橋上走過。所有的人都讚美我的威嚴，人人都知道我的名字，卻沒人敢叫出我的名字。那是個多麼興盛的王朝啊！全世界的國王都會派使臣來拜見元朝的皇帝，因為害怕他的騎兵會踏平自己的國家。」

他嘆了口氣，說：「可是，看起來那麼強大的國家卻沒多久就滅亡了。人類是多麼的善變啊！雄偉的皇宮被拆掉，水池被填成平地建起了新的宮殿。而我的彩虹，也被截掉了兩虹，只留下一座石橋。哪怕被留下的一虹，也被鑿去了盤龍石，面目全非……」

「我和我的石橋被留在皇宮最不引人注意的角落裡。從橋上走過的不再是皇帝、大臣，而是病死的宮女和太監。人們叫它斷虹橋，也叫它斷魂橋。再也沒人願意多看我一眼，也不再有人記得我的名字。就這樣過了幾百年，直到我徹底忘記了自己的名字……」

「你們知道失去是什麼感受嗎？」怪獸突然抬起頭，看著我們，那裡面盛滿了悲傷。「當一切變遷，朋友離去，原來的家園面目全非，以前的榮耀一去不復返，甚至忘記了自己的名字，只剩下我自己獨自回憶著一切，那是一種說不出來的悲傷啊！而這種感受，你們多變的人類是感受不到的，所以，我會把

闖到我面前的人類變成柳樹，讓他們和我一起感受這漫長的等待，也算是對你們的一種報復吧！」

「誰說人類感受不到失去？」楊永樂「嘩」地一聲站了起來，他的眼睛裡閃著淚光。「你以為只有你的悲傷是悲傷，其他人的悲傷就不是悲傷嗎？我也失去了自己的爸爸、媽媽，最疼愛我的姥姥，他們都是我最親的人，也是這個世界我僅能依靠的人。但就算我再悲傷，覺得全世界都不要自己了，我也不會把這些都賴到別人的頭上，讓無辜的人頂罪。」

「說是這麼說，但人類並不是無辜的啊！為什麼記得故宮裡其他怪獸的名字，偏偏就忘記我的呢？所以，既然想不出新的好名字，變成柳樹慢慢地想不是很好嗎？」

「你這樣說，就更不講理了……」楊永樂的肚子氣得鼓鼓的。

「你們到底有沒有想好名字啊？」怪獸不耐煩地問。

我握緊了拳頭，既然碰到這麼不講理的怪獸，那看來只能用不講理的方式解決了。

「想好了！」我大聲說。

「哦？說說看。」怪獸高興了起來。

「柳樹精，怎麼樣？」

「那是樹精的名字吧！」

「那宇宙超級無賴大怪獸，怎麼樣？」

「宇宙什麼？」怪獸露出疑惑的表情。

「宇宙超級無賴大怪獸！」楊永樂笑出了聲，「哈哈，這個名字好！」

怪獸拉下臉，不高興了，「你們是在嘲笑我嗎？難道不怕被我變成柳樹。」

「怕！」我回答，「但是既然那麼多人都因為取不出名字被你變成柳樹，那我們無論取什麼名字，你都會把我們變成柳樹的。因為，能讓你滿意的只有你原來的名字。」

「妳說得還真有道理呢！」怪獸微微點頭，說，「那就把你們變成柳樹吧！」

「啊？說變就變啊？」我往後退了好幾步，身體因為害怕哆嗦起來。

「等等！」這時，一直動都不敢動的梨花跳了出來，「喂喂！我沒有嘲笑您，也沒有瞎取名字，放過我吧！喵。」

哼！這隻沒義氣的野貓。

怪獸為難地搖搖頭，「不行啊！妳也知道柳樹林的祕密了，要是傳出去可就糟糕了。」

「我不會說出去的，我發誓！喵。」梨花高聲尖叫著。

「不行啊，不行啊！我要守住自己的祕密。」怪獸還是搖頭。

他就這樣搖著頭，我們頭頂上的屋頂，四周的圍牆就忽然消失了。這時，我才發現，不知什麼時候，天空已經下起雨來，柳樹林裡，散發著濃濃的柳葉的清香。我們坐在柳樹下，就那麼坐著、坐著，昏昏沉沉地睡著了……

「啾、啾、啾」

肩頭響起了一陣小鳥的叫聲，我

睜開了眼睛。雨還在下，柳樹的枝條泛著晃眼的亮光，搖曳著。周圍和先前沒有什麼不同。我想伸開手臂，打一個哈欠，不料卻吃了一驚。自己的身體變得異常的堅硬，簡直像是木樁子一樣。我想說句什麼，也發不出聲音。

而我的旁邊，楊永樂、梨花頭上都長出了柳樹枝……我們被變成柳樹了！

怪獸呢？早就不知道跑到哪裡去了。

這之後又過去了多久呢？好長、好長時間吧！我目送著一隻肉蟲子慢吞吞地從樹根爬到最高的樹枝上，一隻一隻地數著自己身上的螞蟻，聽著知了乏味的歌聲。

太陽升起，又落下。再升起，再落下。月亮也由彎彎的一小牙變得飽滿，然後再瘦回去。我感覺自己在這個故宮的角落裡站了好多年。

一天，又下雨了。一場黃昏的雷陣雨過後，不遠的內金水河上升起了一道小小的彩虹。

「喂！你們在那兒傻站著幹嘛呢？」有人突然在我身後叫，「這是誰家的孩子啊？」

一個穿著制服、拿著手電筒的男人走了過來。可是我動都沒動，柳樹怎麼能動呢？

「李小雨，楊永樂！果然是你們倆！」

手電筒的光照在我的臉上，就是那一瞬間，我的腿一軟，差點癱坐在地上。

手電筒換了位置，我清晰地看到楊永樂慘白的臉。

「你們倆又在玩什麼新花樣？」拿手電筒的人在我們臉上又掃了一遍。我終於認了出來，他是保安部的陳叔叔。

「陳叔叔，這是哪兒？」我喘著氣問。

「斷虹橋。」陳叔叔張開大嘴笑了起來，說，「我看你們倆是玩迷糊了吧！天快黑了，趕緊回去找妳媽吧！」

我抬起頭，沒錯，眼前就是內金水河上的斷虹橋。一個石雕的怪獸，正威嚴地守在橋前。

「您……您能送我們回去嗎？」楊永樂有氣無力地問。

「送你們？」

「嗯！我們怕迷路。」

「你們倆還會迷路？」陳叔叔笑得更厲害了，「今天真是遇到怪事了。好吧！我就送你們回去吧！」

我們緊跟在陳叔叔後面，梨花更是寸步不離地跟著我們。路過斷虹橋的靠山獸時，我們跑得飛快，看都不敢多看他一眼。

肆

玉山歷險記

我慢慢地睜開眼，頭痛得要命，胃裡一陣陣噁心。我覺得自己可能是病了，不知道媽媽可不可以為我請一天病假。

怎麼會生病呢？我試圖回憶起昨天晚上發生了什麼。是吹了風？還是沒蓋被子？可是我什麼也想不起來。

好啦！我決定起床，去找媽媽要點藥，並讓她打電話給班導師幫我請假。我開始用胳膊支撐自己的身體，就在這時，我突然發現，自己並不是躺在床上。

準確地說，我是躺在茂密的樹叢裡，幾棵高大的松樹擋住了我頭頂的天空。

我嘆了口氣，我肯定睡在御花園裡了。這種情況以前也發生過，和楊永樂玩得太累了，倒在草地上就睡著了。我搖搖頭，也不知道自己在這裡睡了多久，反正肯定要挨罵了。

我費了很大勁才站起來，腳下的泥土很鬆軟，濕漉漉的。我心裡有點納悶，昨天什麼時候下的雨呢？

我站在那裡，周圍除了松樹、灌木叢就是岩石。不對！這裡不是御花園！御花園沒有這種普通的岩石，也不會有這麼多雜草。這是哪兒呢？我朝更遠處望去，白茫茫的濃霧遮住了我的視線。但我很清楚地意識到，我現在所在的位置，是一座山的山頂。

這是什麼山？我還在地球上嗎？我開始懷疑自己會不會在睡覺時受到了外星人劫持。

我坐回到草地上，靠著一棵樹，雖

然害怕，但我現在還算鎮定。和故宮裡的怪獸們打交道多了，我的膽子變大了些。我慢慢分析眼前的情況，看能不能想起什麼。

昨天，我放學後直接來到故宮。寫完作業後，我去儲秀宮找楊永樂聊了一會兒學校的事情。然後，和平時一樣去食堂吃晚飯。要說有什麼特別的事，只能說那天晚上食堂的湯太鹹了。不過這沒什麼好奇怪的，食堂裡菜餚的味道多取決於那天廚師的心情，哪怕同一道菜在不同的日子味道也會有所差別。

然後呢？我仔細回想著。我從食堂走回媽媽的辦公室，那是個晴朗的晚上，空氣裡飄著花香。一路上我都沒有碰到任何人，只在牆頭遇見了幾隻無聲經過的野貓。回到媽媽的辦公室，我開始覺得想睡，於是很早就上床睡覺了。

就這樣！和我在故宮度過的幾百個晚上幾乎沒什麼不同。到底是哪裡出了問題呢？

「真是遇到怪事了！」我鬱悶地大叫一聲。

沒有人回答，我只能聽見茂密的灌木叢中傳來「窸窸窣窣」的聲音。這讓我嚇了一跳，站了起來。知道這裡還有別的東西，比我自己一個人待著還讓人害怕。

我該怎麼辦？離開這裡嗎？我有點猶豫。

就在這個時候，我感覺到灌木叢中有什麼東西似乎正慢慢靠近，它的腳步非常非常輕，如果不是它「呼哧、呼哧」地拼命聞著什麼，我根本聽不到它的聲音。

這讓我聯想起《動物世界》裡豹子或者獅子捕食時的樣子，聽聲音，我很快就會和它面對面了。

灌木叢分開，一頭黑色的野豬走了出來。它足足有一頭牛那麼大，嘴巴尖

尖的，長著兩隻尖尖的獠牙。

我連做夢都沒想到，我會在沒有任何保護的情況下，要獨自面對一頭野豬！

我根本沒有時間思考，轉身就跑。我跳過石塊，躲過灌木叢，飛快地向山下跑去。用不著回頭我也知道，那頭野豬一直在追我，我能聽到背後不遠處傳來的聲音。

我根本不知道自己是什麼時候甩掉野豬的，只是在我實在跑不動的時候才發現，它已經不見了。我躲到一塊岩石後面，心裡慶幸著野豬不算動物中跑得快的那一類。

居然有野豬，難道這裡是原始森林嗎？我絕望地想。自己怎麼會出現在危險的原始森林裡？我捂住臉，不敢相信這是真的。

我的衣服被汗水浸透了，喉嚨渴得快要冒煙，必須得找點能喝的水。我扶著岩石站起來，森林裡並不安靜，在山坡矮一點的地方，不時傳來「咣、咣」的回聲，很像是什麼金屬撞擊岩石的聲音。

古人說「水往低處流」，我沿著山坡往山下走去，一邊尋找小溪，一邊想去看看那聲音的來源。萬一是有人在鑿山呢？我想起自己喜歡看的電視節目《荒野求生》，主持人貝爾的每次冒險都是以找到人類蹤跡結束的。我現在終於可以體會他在荒郊野外看到人的感覺了，要是我現在也能那麼幸運，我一定會激動得哇哇大哭。

我艱難地向前走著，也不知道走了多久。天上有一個模模糊糊的太陽，但那個太陽的位置從來沒動過，這讓我有一種時間靜止的錯覺。

就在快要累垮的時候，我終於看到一條清澈的小溪，它的水幾乎是透明

的。我根本顧不了去想溪水裡有沒有細菌，便趴在水邊大口大口地喝了起來。

喝飽了，我站起來沿著小溪繼續往下走。這也是《荒野求生》教我的，沿著溪水能保證不迷失方向。

「咣噹、咣噹」的聲音越來越大了，我朝著那個方向跑去。等到我鑽出樹林，來到一片開闊地的時候，我簡直不敢相信自己的眼睛。

幾百個身披獸皮、腳穿草鞋的人正拿著石頭、骨頭、木頭做的原始工具，鑿開山石，砍斷樹木，推開岩石……

我到底是在哪裡？在什麼時代？難道我穿越到古代了？

有人看到我了。

「喂！她在那兒！」那個人大喊。

其他的人也紛紛看向我。

「是她嗎？」

「錯不了，和伯益說的一模一樣！」

「快抓住她！」

……

於是，我又開始奔跑。這些原始人，他們抓我做什麼？難道是食人族？我開始懷念自己生活的那個安全、穩定的文明社會。

一塊石頭絆倒了我，我掙扎著爬起來，但身後的人已經朝我撲了過來，抓住了我的胳膊。

「你們一定認錯人了，我不認識你們！」我一邊掙扎，一邊尖叫。

「放輕鬆一點，李小姐。」一個文質彬彬的古人走到我面前，其他人看到他紛紛行禮，我猜他是個大官。

「你認識我？」

「是的。就是我把您請到這裡來的。」他微微一笑，說，「歡迎您來到龍門山，幫助我們治理洪水，我是伯益。請讓我介紹我們首領——禹。」

一個高大的、留著鬍子的男人走到我面前點了點頭，他一隻手拿著標著刻度的繩子，一隻手拿著木頭做的規尺，旁邊的人紛紛跪了下來。看得出他是他們的領袖。

禹？治水？怎麼聽起來那麼耳熟？我皺著眉頭想了想，啊！我想起了語文書裡「大禹治水」的故事，他就是大禹，治理洪水的英雄？我眨了眨眼睛，天啊！難道我一下穿越到了四千年前？

「我……為什麼會在這裡？」

「因為我們需要您的說明。」大禹說，「以我們的智慧已經解決不了面臨的問題，必須請神仙來幫忙。」

我更奇怪了，「那和我有什麼關係？」

「您就是我們請來的神仙。」伯益接過話。他的眼神銳利，我從書裡知道他在那個時代是個發明家，就是他發明了鑿井技術，讓人們使用了水井。

「你們弄錯了！」我苦笑著說，「我不是神仙！」

「我不知道您那個地方怎麼稱呼您，但在我們這裡，您就是神仙。」伯益說，「天象說您能幫助我們，所以我才冒險在您喝的湯裡放入了押不蘆草，把您帶到了這裡。」

「押不蘆草是什麼？毒藥嗎？」我臉色蒼白。

「不，是一種麻醉劑。」伯益回答。

果然是午餐時的那碗湯，我咬了咬牙，原來那不是鹹味，而是麻醉劑的味

道。如果不是我的雙手被兩個人拽著，我真想衝到他前面，打他一拳。

「我不想與你爭辯，但你們的確弄錯了，我幫不上你們的忙，我根本不會治水。《大禹治水》的課文我是背了一個星期才背下來……」等等，我閉上嘴，也許我真的能幫上忙。

大禹不動聲色地看著我。

「沒能經過您同意，就把您帶到這裡，我很抱歉。我們的確有失禮的地方，那也是迫不得已。」伯益說，「還請您原諒。」

我根本沒有聽他在說什麼，我所有的心思都在回憶《大禹治水》那篇課文。那是篇必考課文，老師要求全文背誦。我費了好大的勁才背下來，現在看來有用處了。

「你們剛才說，遇到什麼問題來著？」我問。

聽到我這麼問，大禹和伯益都露出了高興的神色。

「您願意幫助我們了？」伯益問。

「還要看看我是不是真的能幫上忙。」我含糊地說。

「請跟我來！」大禹揮了一下手臂，身後的人群立刻讓出一條道路。

我跟著他深一腳、淺一腳地來到一座高聳入雲的山峰前。

「這座山叫龍門山。」大禹說，「我將黃河水從甘肅的積石山引出，可是流到這裡卻被擋住。我已經查看了地形，只有把這裡鑿開，才能讓河水通過，流入大海。但是這龍門山又高又大，我們實在不知道從哪裡下手才好。」

「龍門山？」我想起課文裡正好有這一段，大禹開鑿天險龍門山。太好了！「龍門山的中間有一個天然的小缺口，你們找找看。」

聽我這麼說，大禹和伯益的眼睛放出了光彩，立刻通知山峰上的人去尋

找。過了一會兒，山峰上的人傳來信號，在一塊巨大的岩石後面，找到一個非常狹窄的缺口。

「太好了！」大禹鬆了口氣，「我們只要把水引到那個缺口就可以流進大海。」

但伯益卻皺起了眉頭：「首領，這麼狹窄的缺口在黃河的枯水期當然沒什麼問題，可是一旦到了汛期，洪水來的時候，黃河裡攜帶的泥沙很容易會把它堵上，洪水就又要氾濫了。」

大禹點點頭，轉向我：「仙姑還有什麼好辦法嗎？」

仙姑？我嗎？我忍不住笑出了聲。但看到大家一臉嚴肅地看著我，我趕緊收住笑，假裝咳嗽了幾聲：「咳咳……伯益說得很對，想要讓洪水更快通過，還是需要拓寬峽口。最省力的方法，就是藉著那個峽口再擴寬八十步就可以了。」

大禹拿著手裡的準繩和規尺與伯益一起在地上商量了一會兒。我想起曾經看過的一本考古雜誌上說，考古學家們發現，大禹時代已經掌握了一定的測量技術。登封王城崗的考古中，幾百公尺長的人工城壕底部高差只有不到四十公分。此外，城壕與自然河流相連接，不僅增加了防禦效果，同時還可以排水防災以及對水資源再利用，這麼高明的設計和施工水準只有長期與水打交道，累積了無數失敗和成功經驗的人才能做到。

「就按仙姑說的做！」大禹向我施了一禮，轉身捋起袖子，帶著一群人向山峰走去。

伯益沒有走，他客客氣氣地和我說：「多謝仙姑幫忙！請您隨我來，我這就送仙姑回家。」

我跟在伯益後面走下山崖，到了一塊平坦的開闊地，那裡搭著一些簡單的茅草房，伯益帶我走進一間房屋。

「我這就幫您準備藥茶，請您稍候。」說著，他忙著燒水、研磨草藥。

我無聊地翻起面前的一些畫著奇怪符號的龜殼，「這是什麼？」

伯益微微一笑說：「我隨禹治水，走遍千山萬水，見識了各種奇花異草，奇異風情，便將這些都記錄下來留給後人，想名為《山海經》，仙姑覺得如何？」

我尖叫起來：「《山海經》……是你寫的？」

伯益點點頭。

我實在太吃驚了，那本記錄了四百多種怪獸、無數奇異國家的《山海經》，居然就是我眼前的這個穿著獸皮衣服的人寫的！如果我現在有紙和筆，我一定會請他簽名。

「你見過怪獸？」我睜大眼睛。

「這一路上和各種珍奇異獸打交道，著實非常有趣。」他回答。

「你一定要把《山海經》保存好，千萬別在路上弄丟了。」我囑咐伯益。

他納悶地看著我，問：「仙姑要是喜歡《山海經》，就拿去好了。」

「不，不！」我拼命地搖頭，說，「我怎麼能拿走呢？你要把它流傳給後人，一直流傳下去。」

「謹聽仙姑吩咐。」

藥茶煮好了，我端起石頭杯子，一口氣喝了下去。眼前的景象開始變得模糊，不一會兒我就失去知覺，暈了過去。

等到我再睜開眼睛時，我發現自己躺在一盞白色的探照燈下。地板有點

冰，我暈暈乎乎地站了起來，四處打量。

這裡佈置得像一個展廳，不！這就是一個展廳。當我看到那尊白玉佛手時，我就認出來了，這不是寧壽宮的珍寶館展廳嗎？

一座和田玉山豎立在我面前。我知道它，它是故宮的鎮館之寶「玉禹山」。聽說它是中國玉器中用料最多、花費時間最久、費用最貴、雕琢最精細的玉雕，也是世界上最大的玉雕之一。

不過，就是因為它太大了，我從來沒有好好看過它。但此刻，我卻被它的解說牌吸引了。

「大禹治水玉山。」那上面寫著：「玉上雕有峻嶺、瀑布、古木蒼松。在山崖峭壁上，成群結隊的勞動者開山治水。大禹治水題材取自我國上古傳說，當時整個中華大地洪水氾濫，大禹率領民眾，與自然災害中的洪水抗爭，最終獲得勝利。」

我重新看向玉山，那上面的景色是那樣的眼熟。我恍然大悟，原來我自始至終都沒有離開故宮，那場刺激的歷險就在這座玉山之上。

伍 單腳怪

我的洞光寶石耳環掉了！

那顆閃爍著五彩光芒，一直被我寶貝似的掛在脖子上的洞光寶石耳環，在前一天的晚上，不知被我掉到故宮裡的什麼地方了。

我努力回憶著當時發生的事情：和楊永樂在御花園玩，然後回到媽媽的辦公室寫作業，睡覺前還在西三所的熱水房洗了臉。

是在洗臉時掉的吧？那麼一彎腰，掛著耳環的紅繩就從脖子上滑了下來。可是熱水房我已經去找過了，連耳環的影子都沒有。

「您昨天打掃的時候，看見一隻耳環沒有？」我問打掃清潔的阿姨。

「耳環？」阿姨努力回憶了一會兒，然後搖了搖頭，「沒看到什麼耳環。」

離開熱水房，我朝著儲秀宮跑去。這時候我能想到的，只有找楊永樂幫忙了。

可是，失物招領處裡卻沒有楊永樂的影子。「他昨天晚上發高燒。」他舅舅說：「回家養病去了。」

我呆立在那裡，怎麼會這麼巧呢？

從儲秀宮回來，路過御花園，突然聞到一股甜甜的、讓人心裡發癢的花香。

啊！這是什麼花的香味呢？好熟悉啊！

御花園門口正好有一位園丁阿姨在和朋友聊天。

「最近御花園裡發生了奇怪的事情呢！」

她的朋友來了興趣，問：「什麼奇怪的事？」

「有一棵桃樹居然開花了。」

「現在這種天氣？桃花不應該是春天開的嗎？」

園丁阿姨壓低聲音說：「就是說啊！現在都快秋天了。這可不是什麼好兆頭，不知道要發生什麼怪事呢！」

夏末的時候開桃花，到底是什麼原因呢？我一時忘記了耳環的事情，改變方向朝寧壽宮跑去。這個時候野貓梨花會在珍寶館的院子裡曬太陽，這種怪事去問她準沒錯。

梨花趴在溫暖的陽光下，舒適地瞇著眼睛，被我的突然出現嚇了一跳。

「妳聽說御花園的怪事了嗎？」我問。

「喵，喵……」梨花張嘴發出了貓叫的聲音。

我吃了一驚，梨花怎麼變得不會說話了？但很快我就明白了，不是梨花變了，而是我丟了洞光寶石後，再也聽不懂她說的話了。

我愣在那裡，看著梨花不停地對著我叫，可是我完全不知道她在說什麼。

過了好一會兒我才開口：「梨花，我的洞光寶石掉了，我現在聽不懂妳說

的話。不過，我希望妳還能聽懂我的話。如果妳能聽懂，一定要幫我個忙，讓所有的野貓幫我找洞光寶石耳環，可以嗎？」說到這裡，我的聲音都顫抖了。

梨花吃驚地眨了眨眼睛，又叫了兩聲，就轉頭離開了。

我不知道她有沒有聽懂我的話，也不知道她會不會幫我這個忙。

我低著頭，失落地走回媽媽的辦公室，一下子癱倒在椅子上。

這下完了！我再也聽不懂動物們的話，更別提看到怪獸和神仙了。之前的日子像做夢一樣浮現在我眼前，那麼精彩的歷險，難道就這樣結束了嗎？

我用力甩甩頭，不要結束！我一定要把洞光寶石耳環找回來！

想雖然這樣想，但是遺失的東西哪裡那麼容易找回來呢？

連續幾天，我都低著頭走路，只要看到路上有什麼閃亮發光的東西，就會衝過去看一看。但那些東西不是硬幣，就是玻璃、釘子之類無關緊要的東西。

那麼漂亮的耳環，誰撿到都會像我一樣藏起來吧！這麼一想，我就傷心極了。

沒有洞光寶石耳環的日子非常無聊，野貓、鴿子、烏鴉、刺蝟……這些小動物就算碰到，也聽不懂他們在說什麼，而怪獸和神仙們連見都見不到了。

我每天都會跑到失物招領處去問楊永樂的情況。

「小雨可真關心朋友啊！」楊永樂的舅舅讚嘆，「不過他這次病得很厲害，大概還要等幾天才能來故宮裡玩。」

我仍然會按時給野貓們餵罐頭，盼望著哪天梨花會叼著洞光寶石耳環放到我的手心裡，但是，這樣的事情卻一次也沒發生過。

所以，這天夜裡，當我意外地在院子裡碰到那個陌生的怪獸時，別提我有多吃驚了。

那是我在半夜上廁所時發生的事。彷彿是樹的影子般，那個怪獸一條腿站

在昏暗的院子裡。

我不禁走近他，藉著並不明亮的月光，我模模糊糊地看到一張人類的臉。

我張大嘴巴，盯著怪獸，沒錯，那是一張年輕男人的臉，但是身體卻是龍一般的身體，身體下面只有一隻腳。

雖然早就聽說過有人面怪獸，但這還是我第一次親眼看到。我的心猛烈地跳起來，彷彿要有什麼可怕的事情發生似的。

怪獸的人臉上露出微笑，他伸出手，一隻類似於人類的手，攤開掌心，那上面放著的正是洞光寶石耳環。

我忍不住向前邁了一步，屏住呼吸凝視著耳環。沒錯，正是我掉的那一隻，上面還拴著紅繩。

「你……你撿到的？」我輕聲問。

怪獸點點頭，又把手往我面前送了送。

「是要還給我嗎？」我一邊嘟囔著，一邊小心地從他手裡接過耳環。洞光寶石耳環在我手裡閃爍了一下，像一滴反射著朝霞的露水似的。我把紅繩掛到脖子上，耳環貼在我胸前，又重又熱。沒錯，就是這種感覺。

我感激地望著眼前的怪獸，說：「謝謝你把它還給我！這個耳環對我來說特別重要。」

「我聽野貓們說，這是妳掉的。」怪獸開口說話了。「這麼貴重的東西掉了，我想妳一定很著急。」

謝天謝地！我又能聽懂怪獸的話了。

「是的。」我使勁地點點頭，「你在哪兒找到它的？」

「在西三所的排水井旁邊。」他回答，「我從文華殿出來，路過那裡，看到有東西一閃一閃的，就撿了起來。」

看來耳環是順著熱水房的水流流到了排水井裡，怪不得我怎麼找都找不到。

「你來自文華殿？那你是陶瓷上的怪獸嘍？」聊了一陣子，我的膽子大了起來。文華殿是展出陶瓷的地方，陳列著從新石器時代到清朝時期四百多件漂亮的瓷器。

「可以這麼說。」

「那你是什麼怪獸呢？」

怪獸像個頑皮的孩子似的，眨眨眼。「妳猜？」

我盯著他上上下下看了好幾遍，然後小聲說：「我猜……你是龍的一個兒子！」

「為什麼這麼說？」怪獸不高興地嘟起嘴。

「你的身體有點像龍……」

「但我和龍沒什麼關係，我是一個獨立的怪獸，無論是出生地還是血緣都和龍沒有關係。」他說。

「哦，那我猜不出來了。」

怪獸得意地笑了，說：「我就知道。因為就算妳看到我的名字，妳也不一

定認識那個字。」

「哼，我已經上小學五年級了！認識好多好多字呢！你別小看我！」我不服氣地說。

「那我考考妳！」

說著，怪獸蹲下來，撿起一根小樹枝在地上畫了起來。

我湊過去，仔細看。黑色的土地上寫著一個「夔」字，我撓撓頭，世界上怎麼會有這麼複雜的字。

「妳認識嗎？」怪獸問。

雖然不願意承認，我還是搖了搖頭。「不認識。」

「這個字念ㄎㄨㄟˊ，和葵花的葵同音。」怪獸搖著腦袋說，「我的名字就叫夔（ㄎㄨㄟˊ）龍。」

「夔……龍……」我小聲地跟著唸，真是個難寫的名字，但是為什麼我聽著那麼耳熟呢？

對了！不久前，我不是剛剛聽角端提起過這個名字嗎？

「我聽說過你。」我說，「角端和我說過，明朝、清朝時很多瓷器都會畫上你的花紋，說你寓意生機勃勃的春天。」

「小姑娘知道的事情還真不少。」夔龍有點吃驚地看著我，說，「以前，人們的確叫我春天的怪獸，因為我有讓萬物生長的法力。我路過花枝，花朵就會開放；我路過土地，小草就會冒出來；我路過乾枯的樹枝，樹枝就會冒出新的嫩芽。」

「好厲害啊！」我讚嘆道，「那你能不能也讓我快速生長，讓我長得高高的。」

夔龍笑著說：「這很簡單，只是讓妳一下子長成大人，妳不就長高了嗎？但是，妳真的願意那麼快長大嗎？」

我猶豫了，要是一下子變成大人，爸爸、媽媽肯定不認識我了吧？倒是不用上學了，可是上班的話我什麼都不會啊！

「還是算了。」我趕緊說，「等我準備好了再長大吧！」

一陣溫暖的風吹來，天空中厚厚的雲被吹散了，月亮露出了頭。明亮的月光照在夔龍的臉上，這麼一看，還真是一張很有英氣的人臉呢！

「你頭上的人臉，永遠都這麼年輕嗎？」我好奇地問。

「這個嘛……也許五萬年後會變個樣子。」

「五萬年！」我吐了吐舌頭，那時候，說不定人類都不存在了吧！

「別忘了，我是春天的怪獸，春天的臉難道不就應該是這樣年輕、有朝氣的臉嗎？」

我看看那張臉，嗯，也對，這個樣子才有春天的氣息，如果換成一張老人的臉，人們看見了難免會先想起冬天吧！

「既然你是春天的怪獸，那為什麼會在夏天出現呢？」

「這個啊……」夔龍嘆了口氣，說，「我也不明白啊！每年我都會在立春那天準時醒來，然後再在立夏那天沉睡。這樣已經過了幾百年，從沒出過錯。可是前兩天，做了個好玩的夢，結果就醒來了。醒來以後，我還以為是立春到了，在御花園轉了一圈，把一株桃樹的花朵都催開了。突然，頭頂上傳來蟬的叫聲，我才發現，這是夏天啊！」

「是睡糊塗了吧？」我問。

「不知道。」他搖著頭說，「那是個奇怪的夢，就好像有誰在召喚我醒來

一樣。」

我忍不住問：「是什麼樣的夢呢？」

「一個女孩像沉入海底一樣地沉到我的夢裡。」夔龍陶醉般地瞇上了眼睛。「女孩梳著辮子，穿著長裙，繫著三尺長的淡粉紅色腰帶，像水中的花朵一樣地輕輕飄舞。一邊飄舞，一邊不間斷地喊著我的名字，『夔龍……夔龍……』就這樣溫柔地喊著，結果我就被她叫醒了。」

「然後呢？」

「然後，我就像被施了魔法一樣，非要到御花園裡走一圈不可。彷彿要是不去，心裡就酸得難受。」他說，「到了御花園，我看到一株桃樹，樣子非常可愛。心想，不知道開了花會有多漂亮，於是就讓那桃樹開花了。」

「原來是這麼回事。」我想了想說，「你夢裡的女孩不會是桃樹精吧？」

「桃樹精……」夔龍入神地嘟囔著，「我不認識她，她為什麼要來到我的夢裡呢？」

「我們去問問她不就知道了！」我拍拍身上的土站了起來。

我走在前面，夔龍用一隻腳，一蹦一跳地跟在我身後。就這麼不緊不慢地走著，很快我們就到了御花園的桃樹前。

我情不自禁地走近那株桃樹往上看，頭上是一片淡粉紅色。我如同產生幻覺一般，大氣也不敢喘，甚至連眼睛都忘記眨了，粉色的桃花在蟬鳴中開放，這是從來沒有見過的景色。

「是妳在夢裡叫醒夔龍的吧？」我拍拍樹幹問，「為什麼要叫醒他呢？發生了什麼事情啊？」

咔嚓、咔嚓……

像是有誰在折斷樹枝似的，從樹上往下傳出了「咔嚓、咔嚓」的聲音。我圍著樹轉了一圈，什麼也沒有。但是「咔嚓、咔嚓」的聲音卻一直沒停。我忍不住打了個冷顫。

「誰？」我大聲地問。

從樹裡——確實是從桃樹的裡頭發出了一個聲音：「我是桃樹精呀！不是妳在叫我嗎？」

說著，一個穿著淡粉紅色長裙、繫著淡粉紅色腰帶的女孩從樹後面鑽了出來。她臉蛋也好，眼皮也好，都是淡粉紅色的，一看就知道是一個桃樹精。

我點點頭，回答道：「是我在叫妳啊！因為有問題要問妳。」

桃樹精看了看我身旁的怪獸夔龍，點點頭說：「我明白了，妳問吧！」

「為什麼要在夢裡叫醒夔龍呢？他可是春天的怪獸啊！」

桃樹精笑著說：「就是因為現在不是春天，才要叫醒他啊！他不是擁有能讓我開花的魔法嗎？要是春天的話，不用他幫忙，我也能開出美麗的花朵。但是在夏末，只能請他幫忙了。」

我睜大眼睛問：「妳的意思是說，妳為了開花才叫醒他的？為什麼要在這時候開花呢？乖乖結果、落葉、進入冬眠不是挺好的嗎？」

「妳說的沒錯，以前每年也是那樣做的。可是今年無論如何我都要在秋天再開一次花。」桃樹精懷念似地喘了一口氣，說，「因為在春天的時候，我戀愛了……」

原來，春天桃花開放的時候，桃樹精愛上了一隻豆雁。桔色嘴巴，桔色腳趾的豆雁每年春天會飛到北京，秋天時再離去。

豆雁說，好喜歡桃樹開花時的樣子。眼看秋天臨近了，豆雁要飛到暖和的

南方去了，桃樹精無論如何想再開一次花給他看。

「我總想著，如果再讓他看到我開花的樣子，這個冬天，他無論如何也不會忘記我吧！也許，等到明天春天，他還會飛來找我。」桃樹精一邊說一邊羞紅了臉。

「但是憑藉我自己的力氣，這件事無論如何也是做不到的，沒有辦法，我才闖進了夔龍的夢裡，讓他無論如何幫幫我。」

「原來是這樣。」夔龍點點頭。

「真對不起啊！打擾您的美夢了吧？」桃花

精轉向夔龍，深深地施了一個禮。

「沒有，沒有。」夔龍擺著手說，「多虧了妳，這麼多年都沒有做過這麼有意思的夢了。」

桃花精笑了：「因為您的幫助，我達成了心願，沒有什麼遺憾了。今天晚上，這些桃花就會凋落，不會再給您添麻煩了。」

夔龍點點頭。

離開御花園，我剛要和夔龍告別，卻被他一把抓住了。

「李小雨，能不能幫我個忙？」

我意外地看著他問：「要我幫你什麼忙呢？」

他有點不好意思地說：「能不能送我回文華殿呢？我雖然是個有法力的神獸，卻也有個缺點，就是會迷路。我已經在故宮裡轉了兩天，也沒能找到文華

殿的大門。」

我「哈哈」大笑起來，原來夔龍和儲秀宮的神鹿一樣，都是會迷路的怪獸啊！

「沒問題！」我痛快地答應，「故宮裡沒有我不知道的地方！」

在溫暖的晚風中，我把大怪獸夔龍送回了文華殿。即便是在月光下，那也是一座華麗的宮殿。

望著文華殿的大門，夔龍鬆了口氣，「這下，我可以安安心心地再睡上一覺了。這次，夢裡不知道會夢到什麼有趣的事呢……」

說著，他就消失在茫茫的夜色裡。

陸

老柏樹的房客

御花園的欽安殿南邊，有一座叫「天一門」的院門。欽安殿有三座院門，只有天一門最氣派，門口還守著大怪獸獬豸。

從媽媽辦公室出發去上學的時候，我會故意繞道御花園，經過這座大門時，總會碰到一位精神特別好的老爺爺在那裡掃地。

老爺爺拿著一把特大的掃把，光著腳板，「嘿呦、嘿呦、嘿呦」地一路喊著掃下去。到了欽安殿的大門口，他會坐下來歇一會兒，和等在那裡的老奶奶說上幾句話，喝上一杯熱茶，然後再「嘿呦、嘿呦、嘿呦」地一路掃回天一門。

「爺爺，奶奶，您們早啊！」

雖然不認識他們，但是碰到的次數多了，我開始主動打招呼。想必是故宮裡退休的老人吧！我是這麼想，在家裡待得太悶了，就來御花園幹點活，還可以鍛鍊身體。

他們看到我會抿嘴一笑，點點頭。

可是，看起來這麼和藹的一對老人卻吵架了。

那天早上，御花園裡的睡蓮剛開，甜甜的香氣讓人心裡癢癢的。

我路過天一門，看見老爺爺一手拿著掃把，一手叉著腰，滿臉不高興地嘟囔著：「我已經這樣掃了幾十年了……」

「你把蒲公英埋在樹葉下面了，見不到太陽，它們就開不了花。」老奶奶拼命地埋怨。

「蒲公英可厲害呢！就算長在石縫裡也能開花，這點樹葉算什麼。」老爺爺不服輸地說。

老奶奶用眼角瞄了他一眼，頭一仰。「怎麼竟然說這樣的蠢話！」

這下，可把老爺爺氣壞了。他把掃把一扔，一屁股坐到地上生起悶氣來。

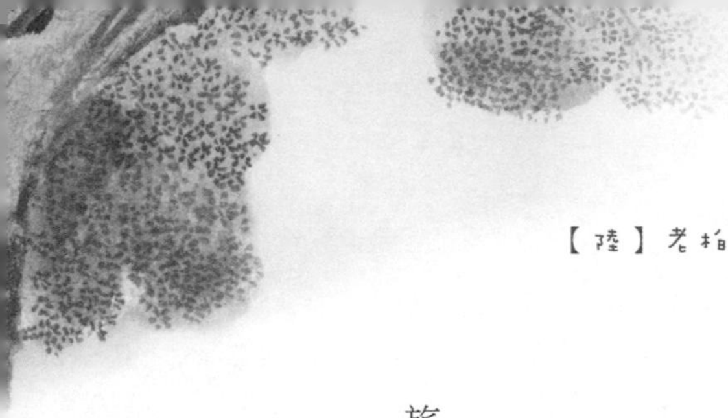

「怎麼年齡越大，脾氣越壞呢？」老奶奶也背過身去，生氣了。

沉默了好一會兒，老爺爺突然蹦出一句：「我看咱倆還是分開過吧！」

我被嚇了一跳，因為這麼點小事，老爺爺就要和老奶奶離婚嗎？

沒想到老奶奶連個磕巴也沒打，說：「我覺得也是分開過好，綁在一起過了這麼多年，早就煩透了！」

「那東西要分一分！」老爺爺接著說。

「還用分？一人一半唄！」

「裁縫店和茶館還好辦，但旅館不能拆兩半啊！再說還有幼稚園……」

呵！真沒想到，看起來這麼普通的老人家，家裡居然開了裁縫店、茶館、旅館和幼稚園呢！真讓人吃驚。

不過為一丁點小事就分家，是不是有些太誇張了？我剛打算勸勸他們，一個細細的聲音卻在我耳邊響起來。

「千萬不能分家啊！」

我轉頭一看，呦！這不是松鼠一家嗎？兩隻拖著毛絨絨大尾巴的松鼠旁邊，還站著兩隻松鼠寶寶。

看起來像爸爸的大松鼠對老奶奶說：「那些落葉就交給我們吧！我正好抱回去墊窩，不會讓它們礙了蒲公英的事。您不要生老爺爺的氣了。」

老奶奶說：「不光是這些落葉，那老頭子就是粗心，上次還堵住了螞蟻窩的入口……」

老爺爺一下子跳了起來，說：「我什麼時候堵住螞蟻窩了？」

「嘖嘖，還不承認！」老奶奶砸著嘴說，「就是樹根那裡的螞蟻窩，不是被你的落葉堵住了入口嗎？」

「螞蟻窩又不是只有一個入口，人家螞蟻都沒說什麼，妳怎麼老嘮叨這件事。」老爺爺氣呼呼地說，「我看還是分開過好，耳朵都被妳的嘮叨磨出繭了！」

「嗯，嗯！」老奶奶拼命地點頭，說，「我早就想一個人省心地過日子了。」

「千萬不能分家啊！」又一個奇怪的聲音從頭頂的方向傳來。

我抬起頭，是一隻漂亮的虎斑蝶，她的翅膀簡直就像天鵝絨般絢麗閃亮。

「一個人過日子有多孤獨，這我可是有體會的。」虎斑蝶對老爺爺說，「收集樹漿和花露，去蜜蜂那裡買蜂糖，洗完杯子還要燒開水……就算再忙，也沒人能幫忙，累到病了也沒人照顧。還是兩個人在一起的日子舒服。」

老爺爺反駁：「話雖這麼說，但一個人過日子，又輕快又沒人嘮叨。我已經聽了幾百年的嘮叨了，能靜下來聽聽風聲多好。」

「聽風聲？我看你就等著喝西北風吧！」老奶奶一點也不示弱地說，「要是能不照顧這個老頭子，我也能做些自己喜歡的事情。」

「別以為我沒了妳就無法活！」老爺爺嚷了起來。

「那就分家吧！」老奶奶乾脆地說，「裁縫店歸我，茶館歸你，至於旅館和幼稚園……」

老奶奶突然朝著旁邊大柏樹樹枝上的一群麻雀喊：「喂，你們的旅館想跟著我還是那個怪老頭？」

我吃了一驚，老爺爺、老奶奶開的旅館難道是麻雀旅館嗎？

樹枝上的麻雀們被她這麼一問，亂成一團。

「不要分家啊！」

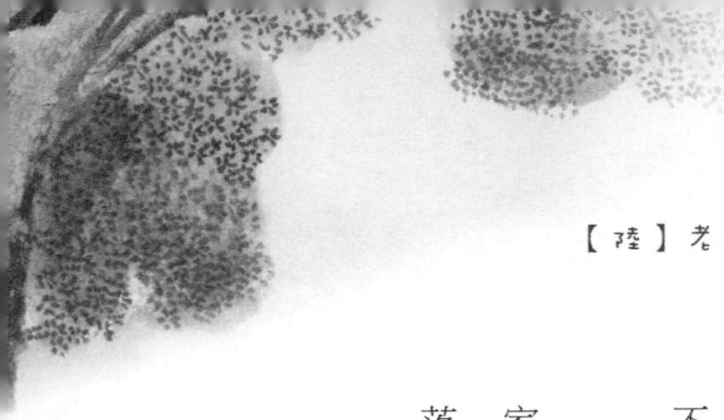

「還真鬧分家？」

「這可怎麼辦？」

……

「旅館肯定要歸我。」老爺爺瞪圓眼睛說，「這種費力的買賣，妳一個人可幹不了。」

老奶奶瞪了老伴一眼，說：「平時旅館的事情你什麼時候管過？還說我幹不了，哼！」

眼看著他們又要吵起來，一隻麻雀出聲了：「怎麼能說分家就分家呢？大家一起熱熱鬧鬧地過日子不是挺好的嗎？平時，我們多虧了你們照顧，才有個落腳的地方，怎麼也不願意看到你們分開。兩位還是和好吧！」

「這種事除了兩口子以外，你們都不能理解。」老奶奶嘟嘟囔囔地說，「就算我們分開，也照樣會給你們很好的照顧，夏天的陰涼，秋天的果實，冬天的避風港……這些一樣也不會少。」

「話雖這麼說，但真要是分開了……」

麻雀的話還沒說完，老爺爺就嚷了起來：「你們不要勸了，這次我下定決心了，以後就一個人清清靜靜地過日子。掃地也好，鬆土也好，再也不會有人在一邊瞎抱怨。」

他一邊嚷，一邊偷偷瞄著老奶奶。老奶奶這回沒說話，只是喝著茶壺裡的熱茶。

「爺爺、奶奶這是要離婚嗎？」是一個小得不能再小的聲音。

這聲音從哪兒來的呢？我左看看，右看看，找了半天，才在大樹上發現一隻長著長長觸角的天牛。他哆哆嗦嗦地站在那兒，隨時提防著樹枝上的麻雀。

天啊！連蟲子也來勸架了。

「我們的幼稚園，沒有你們可活不了啊！」天牛說，「那些白胖胖的幼蟲，要是沒個安全的地方，就成了鳥兒們的午餐了。」

「幼稚園就由我來照顧吧！」老奶奶說話了。

老爺爺撇了撇嘴說：「妳倒是什麼事都想管啊！」

我越看越覺得有點不對勁，麻雀旅館、天牛幼稚園……這對老爺爺、老奶奶到底是什麼人啊？

「這到底是怎麼回事啊？」一不留神，我脫口而出。

松鼠、蝴蝶、麻雀、天牛都吃驚地看著我。

「呦！忘了還有個小姑娘在這裡。」老奶奶捂住了嘴。

「李小雨！李小雨！她是李小雨。」幾隻認識我的麻雀嘰嘰喳喳地叫了起來。

「小姑娘，讓妳看笑話了。」老爺爺有點不好意思地說。

我睜大眼睛問：「爺爺，您和奶奶到底是什麼人啊？」

麻雀又搶話了：「爺爺、奶奶是柏郎和柏娘！是御花園有名的連理柏。」

我大吃一驚，御花園的「連理柏」誰會不知道呢？兩棵巨大的柏樹，樹幹在四百年的生長中融為一體。「在天願為比翼鳥，在地願為連理枝」，所以，故宮裡叔叔阿姨們都稱這棵樹為愛情樹。真沒想到，老爺爺、老奶奶是連理柏的樹精啊！

「你們是怎麼連在一起的呢？」我問。

「這誰還記得呢？」老奶奶說，「不過聽英華殿的九蓮菩薩說，前世我們有一段未結的姻緣，柏娘和柏郎就是我們那時候的名字，我們曾在前世許願來

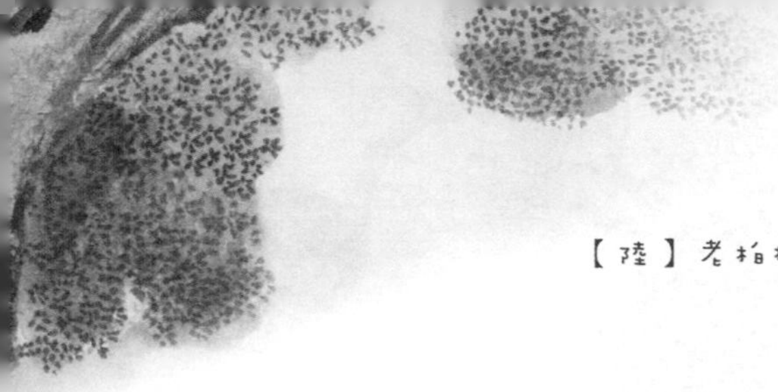

世要生死不離。所以，哪怕我們成了柏樹，今生也一直纏在一起。」

我眨著眼睛說：「好浪漫啊！」

「都大把年紀了，還什麼浪漫不浪漫的。」老奶奶羞紅了臉，老爺爺則低著頭不說話。

松鼠一家不知道什麼時候跑到了我們身邊。

松鼠媽媽接過話對老奶奶說：「等秋天的時候，來我家裁縫店做條黃圍巾吧！我拿最上等的銀杏葉做，老奶奶繫上一定好看。人一打扮漂亮心情就好了，準沒錯。」

「她要是繫上黃圍巾，肯定就像頭上停了一百隻金絲雀。」老爺爺插嘴。

老爺爺這麼一說，大家都笑了，連一直繃著臉的老奶奶也沒忍住笑了起來。

我好奇地問松鼠媽媽：「妳家裁縫店開在哪兒啊？」

「就在那兒！」松鼠媽媽指著連理柏上的一個大樹洞，說，「一過完夏天，生意就要忙起來了。狐狸訂的帽子、刺蝟訂的手套、野貓們的圍巾、老鼠們的大衣……連夜做都做不完。」

她呼了口氣說：「故宮裡的裁縫店，就屬我家生意好。不過再好也沒用，虎斑蝶家的茶館生意更好，誰叫人家是名店呢！連故宮外的飛蟲都會特意趕來。柏娘和柏郎家的店鋪，沒有生意不好的。」

「妳家茶館裡都賣什麼呢？」我轉頭問虎斑蝶。

虎斑蝶揮動翅膀說：「我家主營蜂蜜、花粉特飲。最有名的是柏汁蜂蜜茶，都是用新

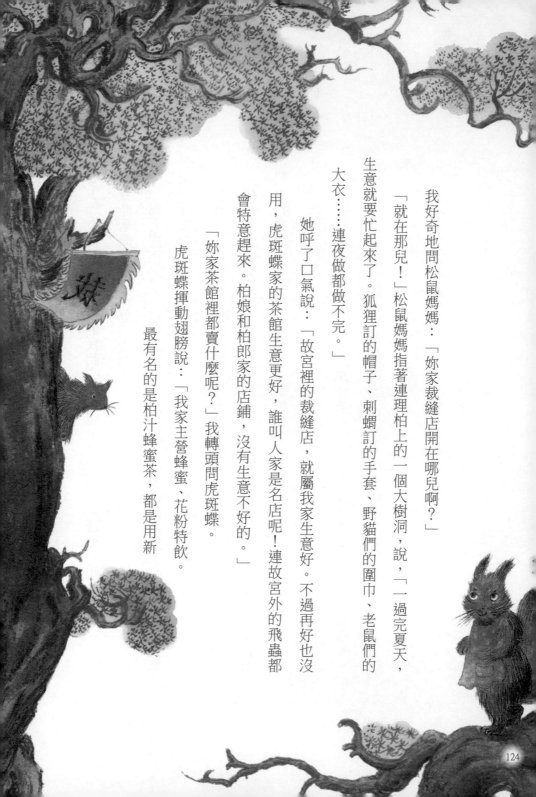

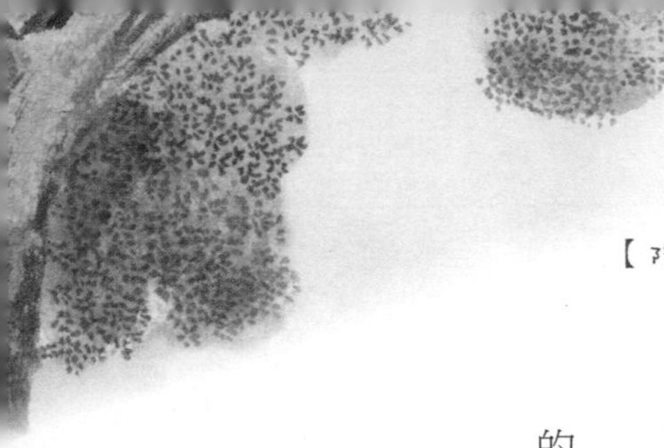

鮮的樹汁和最好的蜜糖做的，好喝又去火。」

「真想嚐嚐啊！」我舔舔嘴唇。

虎斑蝶指著連理柏最高的一個樹梢說：「就在那裡，不過我們只接待飛行類昆蟲。」

我望望那樹梢，一個閃耀著陽光和綠色的地方，在那裡喝茶，看到的風景一定很好。

「那天牛幼稚園又在哪呢？」我問老奶奶。

老奶奶瞇著眼睛說：「這妳可看不見，都躲在樹皮下面呢！那些白白胖胖的天牛幼蟲，故宮裡的鳥沒一個不愛吃的。不保護好可不行。」

「真好啊！」我無比神往地說。

有蝴蝶的茶店、松鼠的裁縫店，還有麻雀旅館和天牛幼稚園，我都想在連理柏上安家了。

遠處忽然颳來一陣風，帶來一大片烏雲，天空中突然就下起了細細的雨。

「呀！下雨了！」

「下雨了，下雨了……」

松鼠躲回了樹洞裡，蝴蝶躲到了葉子下面，麻雀們「呼啦」飛上了樹梢，天牛鑽進樹皮下面。老爺爺和老奶奶呢？迷迷濛濛的風和細細的雨絲吹過來，他們的身子變得透明起來，變成了淡淡的、不可思議的綠色的光。

「啊！要遲到了！」我跳了起來，朝著天一門外跑去。

剛跑幾步，就聽到身後有「嘻嘻」的笑聲，我猛然回頭，被早上的光一照，雨淋濕了的連理柏發出了耀眼的光芒。那兩棵粗壯的樹幹經過多年的風吹雨打，早已長在一起，看起來就像是一棵柏樹一樣。

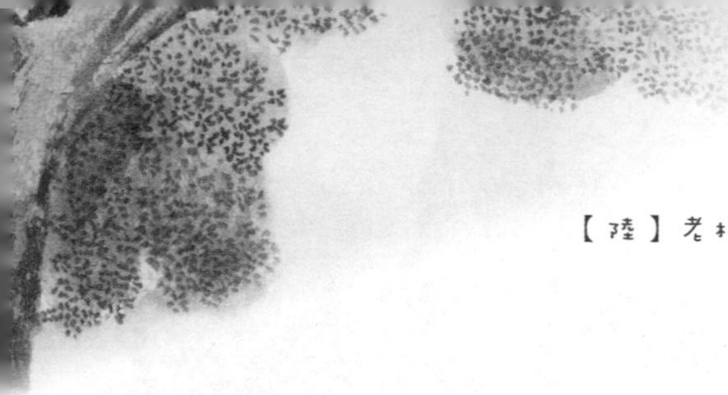

柏娘和柏郎真的會分開嗎?我才不信呢!那棵粗大的樹幹裡,早已你中有我,我中有你,誰還能分得清呢?就算他們自己,恐怕也分不清了吧!

柒 鬼鳥的秘密

黃昏的天空中，一隻大鳥沿著舒緩的曲線飛過，在故宮的紅牆上留下一片陰影。忽然間，他似乎捕捉到了什麼信號，夾緊翅膀一個俯衝，故宮裡響起了幾聲尖銳的鳥叫聲……

自古以來，就存在著一些人們口口相傳的妖怪故事。比如，明朝最有名的醫生李時珍在《本草綱目》中就記載了這樣一個傳說：有一種鬼鳥，穿著羽毛外衣時為飛鳥，脫下羽毛外衣就會變成女人。他會在黃昏和夜晚時在空中徘徊，找對時機偷別人家的孩子，帶回去自己養大。為了防止他偷孩子，人們會使勁地敲打床，把他嚇跑。

雖然現在科學越來越發達，網際網路也讓大家懂得的知識越來越多樣，但是這些口口相傳的妖怪故事卻並沒有消失，只是時間、背景換了而已。而我因為經常待在故宮這座古老的宮殿，又經常和那些已經上千歲的怪獸們在一起，所以總能聽到這樣的傳說。

這段時間，故宮裡最新冒出來的傳說就是關於「鬼鳥」的。第一次聽到這件事，是我在午門前的廣場餵鴿子的時候，兩隻聊得正起勁的鴿子說的。

「你認識乾坤宮的尖嘴兒吧？」其中那隻胖嘟嘟的鴿子說。

「那隻麻雀，知道啊！他怎麼了？」瘦一點的鴿子露出感興趣的樣子。

「我從他那裡聽說了一件挺嚇人的事……我們當中混進了一隻怪鳥，這隻鳥很早很早以前就在故宮出現過，但消失了好長一段時間，現在又出現了。」

「怪鳥？這種鳥當然有了。你說的是那些候鳥吧？夏天的時候飛過來，冬天的時候就消失得無影無蹤。候鳥哪裡都有，不光是在故宮裡。」

胖鴿子急忙說：「不是，不是，不是候鳥啦！我說的那隻鳥，聽說已經在故宮消失上百年了。而且他只在黃昏和夜晚出現，他的樣子醜陋極了，一看就

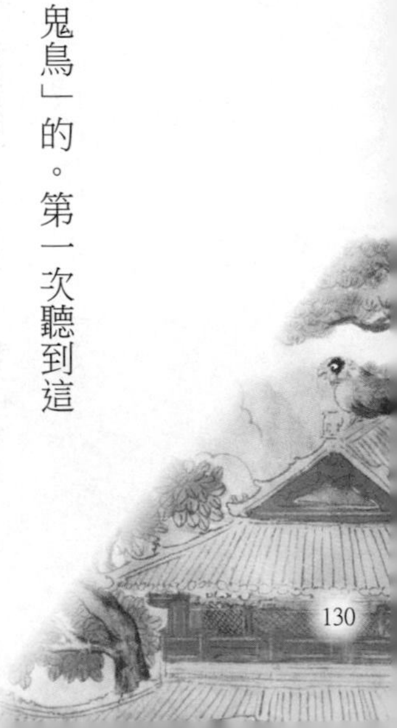

和一般的鳥不一樣。」

「我不太清楚。」

「聽說，這隻鳥不是鳥類哦！」

「不是鳥類？難道是妖怪？」

「小尖嘴兒也不知道他是什麼，但他聽年齡最大的那隻老麻雀說，以前，這種鳥叫鬼鳥。」

「鬼鳥？好可怕的名字。」瘦鴿子打了個寒顫，問，「他究竟會幹什麼呢？」

「不知道啊！不過應該不會幹什麼好事吧！」

「太可怕了，他會不會吃鴿子啊？像老鷹一樣。」

胖鴿子搖搖頭說：「應該不會，鴿群裡最近沒有誰失蹤。」

「那就好。」瘦鴿子鬆了口氣，接著說，「不過話說回來，小尖嘴是怎麼知道的呢？」

「他看見了啊！昨天黃昏的時候，鬼鳥從他身邊飛過去，居然一點聲音都沒有。」

「鬼鳥長什麼樣子呢？」

「他也沒說清楚，就說那鬼鳥停在樹上就不見了。」

「唔……」

「在哪兒看見的？」

「就在堆秀山那邊。」

瘦鴿子尖叫起來：「哎呀！我正準備去御花園吃櫻桃呢！」

「櫻桃是好吃啊！而且每年也就這個季節能吃到。」胖鴿子點點頭說，「不

過，這兩天還是不要去那邊了，碰到鬼鳥就不好了。」

「那不是太可惜了……」

我正聽到這裡，突然一個幾十人的旅遊團穿過午門，在地上吃食的鴿子們一哄而散。

雖然兩隻鴿子講的和真的一樣，但我並沒有放在心上。這種傳言我在故宮裡聽太多了，大多都是這個模樣，過一陣子也就沒人提了。直到那天傍晚，我親眼看到了傳說中的鬼鳥。

晚飯吃太飽，所以楊永樂提出去御花園玩的時候，我想都沒想就同意了。至於鬼鳥的傳說早就被我拋到腦後了。

我們在小水塘邊待了一會兒，那裡蚊子太多，我們被咬了好多個大包，於是改去萬春亭那邊玩。可是還沒走幾步，我們就看見一隻大鳥從昏暗的天空中俯衝下來。和胖鴿子說的一樣，他飛行幾乎沒有聲音，一雙超大的眼睛在路燈中映出黃綠色。他的嘴有點像鷹嘴，但比鷹嘴要小一些。就在俯衝的瞬間，他突然張開嘴，把我嚇了一跳。

真沒想到，那張嘴居然可以張得那麼大！因為光線太暗，我看不清他羽毛的顏色，但可以肯定的是，那絕不是什麼鮮亮的顏色，那顏色給人影子般的感覺。他消失在一棵古松樹的後面，我和楊永樂誰也沒看清楚他這麼快俯衝下來逮到了什麼，這一切都是發生在眨眼間的事情。

「鬼鳥……」我愣在那裡。

「妳也知道鬼鳥？」楊永樂挺意外地看著我。

「我剛剛聽說的。」我回答，「你聽說過什麼？」

楊永樂往花臺上一坐，斜靠在大樹上，才慢悠悠地開口：「關於鬼鳥的傳說，可就多了。」

「快跟我說說！」我湊到他身邊。因為親眼看到，我更想知道那是什麼鳥了。

「《玄中記》裡說，鬼鳥有很多名字，姑獲鳥、天帝女、隱飛鳥、夜遊魂都是他的名字。他們的叫聲就像夜晚行駛的車輛，所以還叫鬼車。傳說，他可以吸取人的靈魂，還喜歡偷人家小孩。對小孩子倒是挺有愛心的。」楊永樂突然壓低了聲音，故作神祕地說，「好多古書裡寫，鬼鳥其實有九個頭，只是咱們肉眼看不到。反正，所有書裡都說他是不祥的鳥。」

他說得倒是挺輕鬆的，我卻打了個冷顫。「你說這些是故意嚇唬我的，對不對？」

「妳害怕了？」楊永樂一臉得意，說，「也算不上嚇唬妳，書裡的確是那麼寫的。」

我尖叫起來：「這麼可怕的妖怪，故宮裡那些神獸們都不管嗎？要是……要是萬一出事怎麼辦？」

「出事？出什麼事？」

「就像你說的那些，偷小孩啊什麼的……」

楊永樂大笑起來，笑了好半天才停住，他問：「妳是怕鬼鳥把妳偷走嗎？」

我生氣了，撅著嘴不理他。都什麼時候了？他還有心思嘲笑我。

過了一會兒，楊永樂湊到我耳邊說：「妳想不想知道鬼鳥真正的祕密？」

真正的祕密？

「你剛說的那些不是真的嗎？」我皺著眉頭問。

「我說了，那些是書裡寫的。」楊永樂壞笑著說。

「那真正的……」

沒等我問完，楊永樂就一把拉住我的手說：「走，我們去找個人幫忙。」

在又圓又大的月亮下，我們一溜煙地跑過御花園，穿過坤寧宮，跑到交泰殿。交泰殿前，天馬正站在那裡，雪白的翅膀在月光下閃著亮光。

「天馬！」我高興地跑過去，好久沒見到他了。

「你們怎麼來了？」天馬很吃驚。

「我聽說今天有人在這裡預定了你的計程車，就過來碰碰運氣。」楊永樂一邊走一邊說。

「這樣啊！」天馬笑得也很開心，問，「找我有事嗎？」

「沒什麼大事。」楊永樂搖晃著腦袋說，「就是李小雨想知道鬼鳥的事情。」

我本以為提起「鬼鳥」，天馬一定會皺起眉頭，沒想到他卻笑了。「鬼鳥啊！那可是我的老朋友了。至少有六七十年沒看見他了，沒想到今年他又回來了。」

我倒吸一口冷氣，說：「天馬，你是神獸，怎麼能和妖怪交朋友呢？」

「妖怪？」天馬莫名其妙地看著我，「誰說鬼鳥是妖怪？」

「古人的書裡都那麼寫！」

天馬看了看楊永樂，笑著說：「我明白了。好，那我就帶李小雨去見見鬼鳥吧！」

要見鬼鳥？我往後退了一步。

「別害怕，有我在呢！」天馬說，「妳剛才不是說我是神獸嗎？神獸的職責就是要保護人類。上來坐到我背上吧！」

我猶豫了一下，才乖乖坐到天馬背上。楊永樂也跟了上來，帶著一臉要看好戲的表情。

天馬「啪……」地展開翅膀，就像開放的花蕾一樣，飛了起來。我們飛過紅牆，飛過重重宮殿，飛到御花園，降落在四神寺的琉璃瓦屋頂上。

滑下天馬的馬背，我一眼就看見了鬼鳥。即便這裡沒有燈光，他的眼睛也又大又亮。月光下，我終於看清了他羽毛的顏色，是那種接近樹皮顏色的黑褐色，上面混著白色的粗糙斑點。他直立立地站在屋頂上，看著我們。

「嗨，鬼鳥！」天馬熱情地打著招呼，「我和楊永樂帶來了個新朋友，李小雨。」

鬼鳥沒說話，兩隻閃亮的眼睛直直地盯著我看。

我吞了口口水才說：「你好……」

「剛剛在御花園，我見過妳。」鬼鳥的聲音嘶啞又帶點金屬感，「妳好像有點怕我？」

「我……我……怎麼會……」

「妳不會把我當作妖怪吧？」鬼鳥像是看透了我心裡在想什麼，這讓我嚇了一跳。

鬼鳥嘆了口氣說：「人類的書裡為什麼要那麼寫我呢？給我們取個難聽的名字就算了，還非要編故事。」

「難道……你不是妖怪？」我支支吾吾地問。

「我只是一隻鳥而已，只不過長得比較醜罷了。」鬼鳥回答。

「鬼鳥的學名叫夜鷹。」楊永樂憋住笑說，「因為在夜間出現，羽毛看起來像樹皮，很容易隱身，飛起來沒有聲音，叫聲又尖銳，所以我們的祖先們給他們取了『鬼鳥』的名字。歐洲人則叫他們『夜的噪雜者』，就是在夜裡製造噪音的鳥。」

「那吸取人的靈魂……」

鬼鳥搖搖頭說：「我最愛吃的東西是蚊子和蝴蝶，靈魂那種東西填不飽我的肚子。還說我抓小孩，我連一隻貓都抓不住，而且養人類的孩子也太麻煩了。」

有的地方也叫我們『蚊母鳥』，我覺得這個名字其實更適合我。」

「難道，古人在書裡寫的都是假的？」我瞪大眼睛問。

「這我怎麼會知道？也許還有一種叫鬼鳥的妖怪存在，但肯定不是我。」鬼鳥說，「或者，那只是古代人類對我們的想像而已。不過那些傳說也太過分了。」

「這樣也好，至少沒人敢射殺你們來烤鳥肉吃。」楊永樂笑嘻嘻地說，「要是那些書裡把你們描寫成味道鮮美又好欺負的鳥，大概你們早滅絕了。」

鬼鳥苦笑著說：「就算不射殺，和一百年前相比，我們的數量也減少太多了。六十多年前，因為樹越來越少，食物也不夠，我們甚至離開了北京城。不過，今年這裡的樹又多了起來，食物也多，尤其是蚊子，又大又肥，所以我們就回來了。」

「沒錯！今年的蚊子又大又肥，我被牠們咬了渾身的包。」我一邊抱怨，一邊撓著身上的大包。「你一定要多吃一點蚊子，幫我報仇！」

鬼鳥笑了，他笑起來的聲音的確像馬車的聲音，但我卻一點也不害怕了。

捌

商羊舞

天氣可真熱！我戴著藍色的帽子，拖著書包往媽媽的辦公室走去。明晃晃的太陽頂在頭上，照得我的眼睛都花了。穿過慈寧宮花園的時候，我忍不住坐到了梧桐樹下，寬大的梧桐葉擋住了陽光，留下一片陰涼，我拿下帽子，舒服地呼出一口氣。

要是能下一場雨就好了，我心裡想。不是那種茫茫一片，無聲的霧雨，而是那種「嘩啦啦」響，酣暢淋漓的大雨。只要下一場那種雨，天氣一下子就會變得涼爽起來，連空氣中的味道都會變得好聞。濕淋淋的泥土香味，喝飽水的花香，樹葉的清香……我輕輕吸了一口氣，可是吸進去的都是熱呼呼的空氣。

自從上次那場大暴雨後，北京已經有一個月沒下雨了。這段日子，每當我路過御花園、慈寧宮花園、寧壽宮花園這些地方，就會看見澆花的水龍頭一刻不停地噴著水。沒噴到水的土地，已經乾出了裂縫。

「什麼時候能下場雨啊！」我這麼想著，不知不覺就說出了聲。

「這還不簡單。」

不知道從哪裡傳來了一個細細的聲音。

「誰？」我嚇了一跳，朝四周打量了一圈。仰頭看看天，然後又瞅瞅地。可是，我的身邊沒有一個人。天上只有茂密的梧桐葉子在搖晃著，地上只有一列排成長隊的螞蟻。

「是誰？快出來！」我吼了一聲。

結果怎麼樣呢？梧桐樹葉突然「嘩嘩」地響了

起來，寬大的樹葉裡，露出了一張白皙的臉，響起一串清脆的銅鈴聲。

「妳是誰？」我往後退了一步。

那女孩回答：「我的名字叫商羊。」她的聲音又溫柔又甜美。

「妳從哪兒來的？」我突然想起最近故宮裡在排演舞蹈節目，就問：「妳是舞蹈演員嗎？」

「妳怎麼知道我最喜歡跳舞？」商羊高興地說，說完她輕輕一跳，從梧桐樹的樹梢上跳到了地上，落地時銅鈴聲散落了一地。我吃驚地發現，這是個只有一條腿的姑娘。她唯一的一隻腳腕上掛著鈴鐺。

哇！真了不起！一個殘疾人可以從這麼高的地方跳下來，我暗暗讚嘆。

「妳剛才說要是下場雨就好了，對嗎？」商羊問。

我點點頭：「天氣太熱了！」

「我能讓天下雨。」商羊仰著臉說，「雨師最喜歡看我跳舞了，我一跳舞，天就會下雨。」

「有這種事？」嘴裡雖然這樣說，我心裡卻一點都不信，一條腿也能跳舞嗎？這個姑娘真愛吹牛。

「真的，真的！」商羊急著說，「妳不信的話，我可以跳給妳看。」

「那就跳來看看吧！」

聽到我這麼說，商羊卻一臉為難，「可是現在不能跳。」

「為什麼？」

我就知道，一跳的話她的謊話不就露餡了嗎？

「因為缺少一樣東西。」她卻說。

「缺少什麼呢？」我問。

「缺少響板，沒有它就沒有伴奏，沒有伴奏又怎麼能跳舞呢？」她說。

「這個簡單，我幫妳找。」我拍著胸脯說。行政部的林叔叔他們在下班時間組了一個小小的民樂團，平時那些樂器放在哪裡我都知道。

我把帽子和書包交給她保管，就飛快地向西三所跑去。等我「呼哧、呼哧」地跑回來，商羊正伸著脖子等著我呢！

「妳看這個行不行？」

我伸出雙手，露出一副響板，竹子做的響板，已經被磨得發亮。可是商羊拿在手裡卻寶貝得不行。

「多麼好的響板啊！」她眼睛裡放出了光彩。

「有了響板，妳可以跳舞了吧？」

「嗯！」她點點頭，「我一定要好好跳一場舞！」

「咔嗟、咔嗟、咔咔嗟……」

商羊敲響了手裡的響板，跳起舞來。這真是奇怪的舞蹈，她憑藉一條腿，跳躍，旋轉，天藍色的裙子像波浪般飛揚，白得透明的胳膊高高地揚起，響板的聲音從手裡抖落下來：「咔嗟、咔嗟、咔咔嗟……」伴隨著腳腕上「叮鈴、叮鈴……」的銅鈴聲。

我看呆了。這種一隻腳跳的舞蹈，有一種奇特的魅力。

一滴水落在了我的鼻尖上，緊接著，第二滴、第三滴……沒過一會兒，豆大的雨點砸了下來，我盼望的大雨來臨了。

雨下得很急，我一邊招呼商羊躲雨，一邊躲到旁邊宮殿的屋簷下。

可是，商羊卻沒跟過來。她還在跳舞，在大雨中跳舞，而且越跳越快。她的背後透出魔幻般的光。我揉揉眼睛，沒錯，是淡藍色的光，商羊跳得越快，

那光越濃，她簡直像是誤入了夏天的大海似的……商羊的樣子變了，她白得透明的胳膊變成了翅膀，天藍色的裙子變成了尾羽，唯一的腿變成了鳥爪。是的，藍色的光亮下，商羊變成了一隻獨足鳥！

怎麼回事？是在做夢嗎？我掐了一下自己的大腿，好痛！不是做夢的話，一個好好的姑娘怎麼會變成鳥呢？

不知不覺雨停了，真是夏天的雷雨，來得快，去得也快。

商羊累得癱倒在地上，又變回了剛才那個白白的、眼睛大大的姑娘，身上的裙子是雨天後藍天的顏色，一點都沒有弄濕。

「不行啊，還是不行啊……」她低著頭，有些悲傷地說，「不是自己的響板就回不去。」

我蹲到她身邊，盯著她看。剛才是我眼花了吧！這明明是個姑娘，不是鳥。

「妳要回到哪兒去？」我問她。

「回家。」

「妳家在哪兒？遠嗎？」

「在北海之濱。如果我不會飛就回不去。」她說著奇奇怪怪的話。

「妳剛才都看見了吧？」她抬起頭看著我，「我變成鳥的樣子，妳都看見了吧？」

原來是真的！我沒有看錯。

我一屁股坐到地上，恐懼地睜大眼睛問：「妳……到底是誰？」

她笑了：「妳用不著害怕，我沒有騙妳，我的名字就叫商羊。妳不是第一個看到我本來樣子的人，四千五百年前，就有人看到過我們，因為我們有帶來雨水的魔力，人類稱我們為神獸。」

「妳是……怪獸？」我大吃一驚。

「你們人類總是把長得和你們不同的物種叫怪獸。」她撅起了嘴。

「對不起。」我小聲說。

「不是妳的錯。」商羊又高興起來，「那副響板真的很好，敲起來很順手，聲音也清脆。能送我嗎？」

「這可不行。」我連忙擺手，「它不是我的響板，我不能亂送人。」

商羊的眼神黯淡下來，說：「我本來有一副響板，和這副一樣漂亮。可是這次出來旅行，卻不知道掉在哪裡了。沒有了響板，我就不能跳商羊舞，跳不成商羊舞我就沒辦法變成原來的樣子，變不成原來的樣子我就沒辦法飛回家。」

「這副響板雖然不能送給妳，但是借妳跳舞還是可以的。」我安慰她。

「不行，不行啊！剛才不是試過了嗎？」她說，「不是我的響板，就算跳得再起勁，還是會變回現在的樣子。」

我皺著眉頭想了想，說：「這副響板不能送妳，不過故宮外面的街上有一家樂器店，我去買一副新響板送妳不就好了？」

商羊笑了：「要是這樣就太感謝妳了！」

「那明天我們再到這裡碰面好不好？」我問。

商羊高興地點點頭。

第二天一放學，我就跑到樂器店。爵士鼓、薩克斯風、長號、小提琴、吉他……這些樂器被擺在寬敞的貨架上閃閃發光，可是卻看不到響板的影子。

在我轉了幾圈後，樂器店的老闆忍不住問：「小姑娘，妳到底要買什麼啊？」

「響板，」我回答，「就是那種拿在手裡，一碰就響的響板。」

「響板啊！」老闆鬆了口氣說，「在這裡。」

那是角落裡的玻璃櫃，上面已經落了土，但仍然能看清裡面裝著各式各樣的響板。

「我就要那個，竹子做的那個。」我指著一副響板。

老闆拿出響板幫我包好，「謝謝光臨。」

我頂著太陽往慈寧宮花園跑去。

「喂！小雨！」野貓梨花叫住了我，「妳手裡拿著的是什麼？喵。」

「是響板。」我回答。

梨花歪過頭問：「響板？妳要學打響板嗎？喵。」

「不，這是我要送給商羊的禮物！」

「商羊？難道是那隻獨足鳥？喵。」梨花吃了一驚。

「妳知道她？」我睜大眼睛，梨花還真是一隻博學的貓，怪不得可以做《故宮怪獸談》的主編。於是，我把昨天遇到商羊的事情一股腦兒地告訴了她。

梨花點點頭，嘴裡嘀嘀咕咕地說：「喵，商羊居然出現在故宮裡……」

「怎麼？妳要去採訪她嗎？」我問。

梨花趕緊搖頭，說：「我不去！商羊可不是一隻好對付的怪獸。喵。」

「什麼意思？」我皺起了眉頭。

「有些事情不能多說。」梨花警惕地看了看四周，壓低聲音說，「總之，妳記住我的話，千萬不要學商羊舞。那舞蹈有一種可怕的魅力，千萬不要變成商羊舞的俘虜。喵。」

「不要學商羊舞……」我沉思著重複了一句，然後，輕輕地晃了晃頭，「那

我乾脆不要去見她算了。」

「那可不行！」梨花說：「商羊要是生起氣來，會讓大水淹掉故宮的。妳不是答應送她響板嗎？那就把響板送過去。只要不學商羊舞，什麼壞事也不會發生。喵。」

我點點頭，屏住呼吸走進慈寧宮花園。當快到大梧桐樹時，我的心怦怦地跳了起來。要沉住氣，沉住氣啊！我這樣說給自己聽。

商羊就站在那裡，微笑地看著我。

「響板……給妳帶來了。」我伸出手。

商羊接過我手裡的袋子，拿出響板，笑得更開心了。「這麼漂亮的響板，一定很貴吧？」

我擺擺手說：「沒多少錢，別客氣。」

商羊眨了眨眼睛，說：「我沒有錢給妳，不過做為報酬，我教妳跳商羊舞，怎麼樣？」

商羊舞？我倒吸了一口冷氣，梨花說的事情果然發生了。

「不用，不用！」我使勁地搖著頭，「我超笨，學不會。」

「沒關係，很簡單。」商羊輕輕地說，「學會了這個舞蹈，妳想什麼時候下雨，就可以什麼時候下雨，不好嗎？」

我有點動心了，聽起來商羊舞也算是一種魔法吧！

「來吧！」商羊召喚著我，「我們一起跳。」

說著，她打起手裡的響板來。

「咔嗒、咔嗒、咔咔嗒……」

我的腳變得像木偶一樣，被一股魔力牽動著，跳起舞來了。

不行啊，不能跳舞啊！

想是這樣想，我卻管不住自己的腳。

「轟隆隆！」

一陣響亮的雷聲過後，大雨傾盆而至。商羊的身後又出現了那魔幻的藍光。

「咔噠、咔噠、咔咔噠……」

藍光越來越濃了。

「咔噠、咔噠、咔咔噠……」

商羊變成獨足鳥了。

「咔噠、咔噠、咔咔噠……」

我的身體也變輕了。

「咔噠、咔噠、咔咔噠……」

啊！糟了，我覺得我要變成鳥了……

就在這個時候，一聲尖銳的貓叫遮住了蓋板的聲音。我一下子清醒過來，腳重得和木頭一樣，我一下子癱倒在地上。

梨花撲過來，守在我身邊。

而商羊，已經展開寬大的翅膀，飛上了天空。

「再見了！」她說，「謝謝妳的響板！」

我坐在地上，老半天都爬不起來。

「好危險，商羊差點把我變成鳥呢……」

梨花鬆了口氣說：「商羊這種怪獸雖說很善良，又能帶來雨水，但是她實在太愛交朋友了，碰到喜歡的人類就想帶走一起生活。所以幾千年前，人類把

她們哄回了北海之濱，只是在乾旱的季節，有巫師會模仿她們的樣子跳起商羊舞，祈求雨水的到來。喵。」

我嘆著氣說：「真沒想到，這麼一個獨腳的小姑娘，居然是怪獸變的。」

梨花點點頭說：「這個世界奇妙的事情太多了。喵」

玖

紅色的鳥

【玖】紅色的鳥

我已經連著兩天晚上夢到那隻鳥了。

就在前天，楊永樂奔跑著來告訴我，故宮東華門看門的大爺逮住了一隻紅色的鳥。那真是一隻格外大、格外美麗的鳥，身上的羽毛就像血色的夕陽，紅得讓人炫目。

「這是什麼鳥呢？」我問。

看門大爺搖搖頭說：「連著問了好幾個人，都不知道是什麼鳥。剛才還有一位文物專家建議我把他送到動物園或者研究所去，說是很少見的鳥。」

我輕輕地碰了一下他那長長的尾巴。摸起來，紅鳥的羽毛宛如天鵝絨的布料般光滑。

「他會不會是赤烏呢？」楊永樂托著下巴自言自語。

「你是說那隻傳說中的瑞鳥?喵。」不知道什麼時候，野貓梨花也來了，脖子上還掛著她的小相機，看來這隻「貓仔」是來採訪的。

楊永樂點點頭說：「據說，赤烏就是紅色羽毛的烏鴉。妳看他的樣子是不是和烏鴉差不多？」

梨花利落地「咔嚓、咔嚓」拍了兩張照片。

「的確有些像。喵。」她說，「不過上次看到赤烏，應該還是一千八百年前的三國時期吧？」

楊永樂回答：「是的。赤壁之戰時，因為湓城距赤壁有五百里遠，東吳的士兵不知道大戰的結果，只能焦急地等待。有一天傍晚，大將軍程普出門時，看見一群赤烏從頭上飛過，非常高興，命令手下的士兵準備慶功宴。其他人都覺得很奇怪，程普解釋說，赤烏出現，這場仗肯定贏了。果然，沒過幾天，赤壁之戰勝利的消息就傳來了。還有，東吳皇帝孫權的年號就是『赤烏』，據說

是因為他曾經親眼看到一群紅色的烏鴉聚集在宮殿，認為是吉祥的徵兆。」

「那是因為從前周武王討伐紂王的時候，就曾看見過赤烏，後來真的打敗紂王奪得了天下。孫權那個時候也想像周武王一樣奪得天下吧！喵。」梨花一邊搭話，一邊在自己的小本上記錄著什麼。

「要是能叫兩聲就好，一叫就知道是不是烏鴉了。」楊永樂碰碰鳥的嘴，鳥一歪頭躲開了。

「叫一下，叫一下啊！」他嘟囔著。

但無論他說什麼，紅色的鳥都緊閉著長長的嘴，一聲也不出。

「我怎麼不覺得這隻鳥是象徵勝利的鳥……」我盯著紅色的鳥看，他的眼神好淒涼啊！

「現在只是猜測。」隨後，楊永樂對看門大爺說，「楊爺爺，還是應該找動物專家來看看。」

看門大爺點點頭：「我一會兒就打電話試試看。」

那天晚上回來，我就做夢了。夢裡全是那隻紅色的鳥，他看著我，不停地說：「救救我！救救我吧！」那聲音就像嘶啞的風聲一般。我醒來後，出了一身的汗。

第二天放學的時候，我故意繞道去看那隻鳥，他的眼神還是那麼淒涼，淒涼得我都不敢去看那雙眼睛。

結果，晚上我又做了同樣的夢。

窗簾的縫隙裡，有一顆星斗閃爍了一下，夜已經深了。我擦了擦頭上的汗，翻身爬了起來。

我只穿著睡衣和拖鞋朝東華門走去。紅色的鳥被關在傳達室門口的鳥籠

裡，聽說明天一早就會有動物專家來把他接走。

我走過去，他看起來比白天更加鮮豔了，像一團紅色的火苗。

「是你托夢給我的吧？」我小聲問。

紅色的鳥看著我，大滴大滴的眼淚從眼眶裡流了出來。他哭了，不出聲地哭了。鳥也會流眼淚嗎？我聽媽媽說，耕地了很多年的老黃牛，會在被宰殺的一刻流出眼淚。難道這隻鳥覺得自己要死了嗎？

我連大氣也不敢喘，只是看著他。好可憐啊！

「別哭！我現在就放了你。」

我看看周圍，天還沒亮，四處黑漆漆的，看不到一個人的影子。

我從牆角搬來幾塊磚頭墊在腳下，伸直手臂從樹枝上把鳥籠拿了下來。然後，拎著鳥籠，放輕腳步朝西邊走去。等到距離東華門有一段距離後，我就在滿是樹影的路上狂奔起來。我一邊小心地保持著鳥籠的平衡，一邊迎著漸漸落下的月亮朝著御花園奔去，一口氣衝進了竹林裡。

鳥籠上的鎖並沒有鎖得嚴實，只是象徵性地掛在那裡。我拿下鐵鎖，打開籠門，對紅色的鳥說：「快飛吧！飛到天空中去吧！下次千萬不要再被人抓到了！」

紅色的鳥從籠子裡探出頭望了望，一揮動翅膀，就「呼啦、呼啦」地飛上了竹稍。

他停在那裡，低頭看著我，張嘴說話了：「謝謝妳救了我，我會報答妳的。」那聲音和我夢裡聽到的聲音一模一樣。

「報答我？」我吃驚地看著他。

紅色的鳥清楚地說：「是的。你的朋友猜得沒錯，我就是傳說中的赤烏。

雖然我不如其他神獸那麼厲害，卻也有自己的魔力。做為報答，我會幫妳實現三個願望。」

實現願望？我驚訝極了。我想起之前大怪獸麒麟也幫我實現過願望，不過那次只有一個願望，這次卻可以實現三個願望！

看見我愣在那裡，赤烏像整理羽毛般把頭埋在翅膀下，伸出來時，他的嘴裡已經多了三根紅色的羽毛。他「呼啦啦」地飛下來，把紅透了的、像秋天的樹葉般的羽毛放在我的手心裡，平靜地說：「雖然說是願望，但我並不是什麼願望都能幫妳實現。只有和天空有關的願望，我才能做得到。」

「和天空有關的願望……」那是什麼樣的願望呢？我思索著。

赤烏點點頭說：「只要妳有了和天空有關的願望，就把一根羽毛扔到半空中，叫我的名字。那樣，無論我在什麼地方，我也會飛過來。到時候，妳只要說出妳的願望就行了。不過要記住，一定要在有風的日子做這件事。」

說完，赤烏張開翅膀，準備起飛了。就在這時，我突然想起來什麼似的，猛然抽出一根羽毛說：「那我現在就可以實現一個願望嗎？」

赤烏收回翅膀，有點吃驚地看著我。「這麼快妳就想好願望了嗎？」

我點點頭：「對！和天空有關的願望。」

「是什麼呢？」

「讓我在天空上看朝霞吧！」我說，「我想知道，在天空上看到的朝霞，和從地面上仰頭看到的朝霞有什麼不同。」

赤烏靜靜地問：「就這樣？」

「就這樣。」

「那就走吧！」

說著，他揮動著翅膀飛到了半空中。他的翅膀越揮越快，居然揮出了一股旋風。

旋風一下子就把我捲到了半空，接著，我像能在空中游泳一樣，飛了起來。難道我也變成風了嗎？

我跟著赤烏，在乳白色的晨靄中飛啊飛。不遠的前方，天空中閃出了暖暖的紅色。

剛開始像紅色的絲帶，然後，是飄搖的圍巾，到最後，蔓延開來，天空就變成了玫瑰色的布。

「真好看啊！」我讚嘆著，在天空上看朝霞果然更漂亮呢！

我想向朝霞飛去，赤烏卻搖搖頭：「願望實現，妳該回去了。」

「可是我還沒看夠……」

話還沒說完，夏天的風，從我的背上掠了過去。也就是在這個時候，我看見了自己的腳，看見了自己的拖鞋正使勁地踩在御花園的草地上。我從天空中落下來了。

赤烏猛然往上一衝，回到天空中去了。我一個人呆呆地佇立在早上的竹林裡。

雖然看到了那麼漂亮的朝霞，我卻有點後悔了。

應該提出更有用的願望才對。我這樣想，在半空中看朝霞這種事情，天馬也能幫我做到吧！但是，什麼才是更有用的願望呢？這可要好好想想。

這之後過了兩三天，上課的時候，我不小心把身後座位上的鉛筆盒碰掉了。金屬鉛筆盒「咣噹」一下，摔凹了一個角。

「真討厭！醜八怪！」後面的男生惡狠狠地說。他叫侯思成，是我們班最淘氣的孩子，「醜八怪」是他給我取的外號。

我一下傷心起來，我已經十一歲了，雖然長得不漂亮，也算不上醜八怪啊！他為什麼老這樣叫我呢？

要是能變漂亮就好了！就像我旁邊的趙亦陽那樣，有一雙漂亮、閃亮的大眼睛，誰也不會叫我醜八怪了吧！

對了！這不就是有用的願望嗎？

那天，正是一個有風的日子。於是，一放學，我選了個沒人的地方，把羽毛扔到半空，然後試著輕輕呼喚起來：「赤烏……赤烏……」

我屏住呼吸，一動也不動地等著。沒多久，天空中就飛來了一隻紅色的大鳥，彷彿一道紅色的閃電。

「妳想好第二個願望了？」

我想都沒想就說出了願望：「我想讓我的眼睛如同天上的星星般閃耀！」

「明白了。」赤鳥平靜地說，「妳回家去吧！回到家裡照照鏡子，妳就會發現自己擁有星星般漂亮的眼睛了。」

我大叫了一聲「謝謝」，蹦蹦跳跳地回到家。太棒了！我要變成和趙亦陽一樣漂亮的女孩子了。

回到家，我連書包都沒有放下來，就衝到了鏡子前面。

我的眼睛真的變漂亮了，就像晴朗夜空中的北極星，閃著晃眼的光芒。我看著鏡子裡自己的眼睛，胸膛「撲通、撲通」跳得厲害。

下樓玩的時候，樓下的鄰居老奶奶說：「李小雨這孩子最近變漂亮了呢！」

晚飯的時候，媽媽看著我說：「小雨的眼睛像媽媽呢！」

啊！變漂亮真好！我的心裡暖洋洋的。

可是，侯思成似乎沒發現。他還是喜歡叫我「醜八怪」，無論我拿漂亮的眼睛怎麼瞪他，他都像看不見一樣。

學校裡的生活也沒有因為我變漂亮的眼睛而改變，語文課的測驗我仍然只得了七十五分；體育課上百米賽跑，我還是沒有達標；學校升旗手的抽籤也沒有抽中我。

原來，光是眼睛變漂亮也沒用啊！我更需要的應該是幸運吧！

幾天後，語文課上老師教了一首關於黃昏的古詩。

「夕照紅於燒，晴空碧勝藍。」

老師說，黃昏時的夕陽會把一切映成紅色，古人認為看見這樣的晚霞就會有幸運的事發生。

幸運的事……老師的話，點亮了我的心。

如果看到紅色的晚霞就會有幸運的事發生，那如果得到一片紅色的晚霞，會不會幸運一輩子呢？

我悄悄地從書包裡把最後一根紅色的羽毛拿了出來。

放學時，天還是亮的，太陽紅彤彤的，像個熟透了的柿子。我一口氣跑到御花園，迎著風，把手中的羽毛高高一拋。

「赤烏！赤烏！」

紅色的羽毛在風中旋轉起來，藍色的天空中，赤烏一下子飛了過來。

「想好第三個願望了？」

我一邊喘著氣一邊點頭：「對，和天空有關的。」

「是什麼呢？」

「我想要一片幸運的晚霞。」

赤烏用黑白分明的眼睛目不轉睛地看著我。

我接著說：「不是說看到紅色的晚霞就會有幸運的事情發生嗎？我不想只能看到，而是想擁有一片幸運的晚霞。」

赤烏一動也不動，過了一會兒，才輕輕嘆了一口氣說：「既然妳這樣想，那就滿足妳吧！」

「謝謝！」我開心極了。一片晚霞，拿在手裡會是什麼感覺呢？

就在那一瞬間，赤烏突然衝向天空，然後朝我面前的池塘裡猛然一栽。我不禁被嚇了一跳，趕緊跑過去看，水上的波紋一圈圈擴散開。池塘裡的赤烏宛如一塊紅色的布，我趕忙伸手去拉他，可是卻什麼也沒抓到，池塘裡只有一片晚霞的影子。等我緩過神來，天空中已經佈滿了美麗的晚霞，就像赤烏身上紅色的羽毛。

我一下子明白了，原來赤烏就是一片紅色的晚霞啊！

「喂，小心點！」

我的身後傳來了許多腳步聲。

我轉頭一看，是幾個叔叔正扛著古代皇帝出行時舉的旗子穿過御花園。

青龍旗、白澤旗、黃羆旗、鳴鳶旗……咦？那不是赤烏嗎？

那隻火紅色的鳥正在黃色的旗幟上展翅飄揚，像一團玫瑰色的晚霞。

拾 梵宗樓的老虎

乾清宮月臺旁邊的路燈不停地閃爍著，光芒從橙色變成了紅色，看來要換燈泡了。

野貓梨花輕輕打了個哈欠，說：「今天就講到這裡吧！喵。」

她身邊幾隻今年才出生的小野貓可不願意，「梨花，梨花，妳講的都是真的嗎？妳的祖先真的是白老虎？喵。」

梨花得意地笑了，「他可不是一般的白老虎，他是白虎，和青龍、朱雀、玄武並稱為『四靈』的聖獸，血統絕對高貴。喵。」

「白虎比老虎厲害嗎？喵。」

梨花歪著嘴冷笑著說：「老虎算什麼？就算碰到獅子，白虎也能一口吞到肚子裡。喵。」

說著，她張大嘴巴，學著老虎的樣子「嗷嗚……」一聲。那兇狠的樣子還

真有點像白虎。

「哇！」

小野貓們的眼睛瞪得超大。

「好啦，好啦！」梨花裝模作樣地揮揮爪子，「太晚了，都趕緊回家吧！等我有時間再給你們講故事。」

說著，她輕輕一跳，「唰」地跳出了老虎洞。雖然名字叫「老虎洞」，其實這裡不過是乾清宮前丹陛御道下的一條黑暗的通道而已。這裡從來沒走過老虎，古代時經過這條通道的都是宮女、太監，還有運送東西的苦力。除了可以走人，老虎洞還可以用來排水，維持它頭頂上的丹陛御道不會被雨水淹沒。儘管用途沒有它的名字威風，但是老虎洞卻是個講故事的好地方，又安靜，又隱蔽，絕不會有人打擾。所以這裡經常聚集著些喜歡聽故事的小動物。

梨花甩著尾巴消失在黑暗中。幾隻小野貓跟著從老虎洞裡爬出來。月光靜靜地落下，白玉丹陛看起來就像是一片銀色的海洋，一個巨大的、黑色的影子映在上面，小野貓覺得奇怪，就朝圍欄那邊走了兩三步。

「哎喲！媽呀！」

圍欄後面，一隻活生生的老虎正路過那裡！

老虎蜜色的眼睛朝他們看了一眼，小野貓們被嚇得呼吸都快沒了，其中一隻小黃貓甚至當場嚇暈了。

老虎呲了一下鼻子，就像影子般地融化在黑夜裡。

故宮裡出現老虎的事情，第二天一早就傳開了。先是幾隻小野貓的父母——大野貓們見人就說。緊接著，多嘴的喜鵲們很快就讓這件事盡人皆知了。

「是一隻特別強壯的老虎，那樣子多麼可怕呀！」

「金黃色的毛，黑色的斑紋，個頭比電視裡的老虎還要大。」

……

傳著、傳著，說法就變得越來越離譜起來。

「聽說是從空中飛下來的……」

「那隻老虎的眼睛都能發電。」

「牙齒是紅色的，還沾著血呢！」

……

我聽了這些話，「噗哧」一聲，忍不住笑出了聲。

我問身邊的梨花：「妳看見那隻老虎了嗎？」

梨花搖搖頭：「故宮裡根本沒有什麼老虎，那幾隻小貓肯定看錯了。喵。」

「就算有老虎妳也不會害怕吧？妳不是白虎的後代嗎？」我故意說。

梨花沒說話，過了一會兒才嘟囔著說：「哪來的什麼老虎？聽都沒聽說過。一定是把南三所那隻大黃貓在燈光下看成老虎了。喵。」

我點點頭，梨花說的不是沒有道理。燈光很容易把東西放大好多倍，況且，南三所那隻虎斑貓的個頭要比其他野貓大兩倍，吃的東西要比別人多三倍。

可是，就在那天晚上，月亮剛剛升到半空的時候，梨花就慌張地敲響了我媽媽辦公室的窗戶。

「老虎……老虎……被逮住了！喵。」

她眼睛睜得超大，身上的毛都豎了起來，白天時穩當的樣子一點都沒有了。

我吃驚地問：「逮住了？妳逮住的？」

「沒時間取笑我了。喵。」她回答，「大家等著妳去幫忙呢！」

我愣了一下，「我能幫什麼忙？」

「到那裡就知道了，快跟我走吧！喵。」梨花不斷地用頭拱我，這可是她平時很少有的動作。

我跟著她一路跑到乾清宮的月臺前，遠遠就看見一個巨大怪獸的黑影。啊！那不是狻猊嗎？

狻猊站在月光下，身後長長的鬃毛像飄揚的旗幟。他比獅爪還大十倍的巨爪下，踩著一隻憤怒的老虎。

「放開我！」老虎大聲吼叫著，「你們這是在謀殺！」

「謀殺？那都是低等動物的行為。只要你不亂動亂咬，我保證不傷害你。」狻猊平靜地回答。

「為什麼要抓我？我並沒有冒犯你。」老虎可一點都不平靜，他氣得渾身

發抖。

狻猊點著頭說：「沒錯，你沒有冒犯我。不過，你出現在你不該出現的地方。」

「不該出現？我就住在這裡！」老虎的聲音更大了。

狻猊冷笑了一下，說：「我守護故宮那麼多年，從沒看到過老虎。」

「我不常出門……」

「是嗎？」顯然，狻猊不相信。

「真的，我已經在故宮裡住了近三百年了。」

狻猊冷笑：「住在這裡三百年的怪獸，我不可能不認識。」

「我不是一般的怪獸。」老虎壓低聲音說，「我是神的守衛，不能像你們一樣到處亂跑。」

「神的守衛？」狻猊斜著眼睛看了看他，說，「那你應該住在中正殿附近。我對那邊很熟悉。」

老虎挑起眉毛問：「但是，你一定沒有進過梵宗樓吧？」

「梵宗樓？你住在那裡？」狻猊露出吃驚的表情，「那裡已經鎖了上百年了。哪怕一百多年前開放的時候，也只有皇帝和他最相信的人才能進去祭拜。」

老虎從狻猊放鬆了的爪子下面爬出來，舔了舔身上的毛，然後用相當傲慢的口氣說：「沒錯，我就住在那裡。」

聽到這句話，連站在旁邊的我和梨花都吃了一驚。梵宗樓是雨花閣西北角上一座不起眼的兩層小樓，一年到頭大門上都掛著一把大鐵鎖，從沒見過有人出入那裡。和別的佛堂不同，梵宗樓裡的藏品從來沒有到任何地方展出過，所以很少有人知道那裡面的樣子。聽說，那裡是對乾隆皇帝很重要的佛樓，因為供奉的是文殊菩薩，而乾隆皇帝一直被佛教認為是文殊菩薩轉世。

狻猊瞇起眼睛說：「你以為我會相信嗎？」

老虎挺胸說：「你要是以為我在說謊，就去親眼看一看。」

狻猊不甘示弱地說：「走，那就去看一看！不過，你最好不要想趁機逃跑。」

「我為什麼要逃跑？」老虎不服氣地說。

狻猊把我和梨花招呼到身邊，說：「那麼，你給我們帶路吧！」

這下，老虎露出了為難的表情，說：「這麼多人的話，可就難辦了。」

「人多也好有個驗證，我把李小雨請來，是因為她是個很正直的孩子，可以證明我沒有冤枉你。」狻猊說。

「話是這麼說，可是人多難免會碰壞東西。」老虎說。

「我們保證什麼都不碰。」我連忙說。我可不想錯過進入梵宗樓的機會，那麼神祕的地方，這輩子可能都去不了第二次。

「真的嗎？」老虎眨著他蜜色的眼睛說，「我知道了。那請跟著我走吧！」

我們跟在老虎後面，走出乾清宮的院子。

這是個月亮特別明亮的夜晚，故宮裡只有風的聲音。

我和狻猊、梨花排成一排，「啪嗒、啪嗒」地走在隱約可見的白色道路上。老虎走在前面，一點腳步聲都沒有。

道路離開了後宮，進入了威嚴的前朝。一座座宮殿宛若一個個屏住呼吸的巨大生物似的。

我們來到梵宗樓前，那裡的門上掛著結實的大銅鎖，卻被老虎輕易地頂開了。

「什麼都不要碰啊！」進門前，老虎又囑咐了一次。

我們一邊點頭一邊走進梵宗樓。

一樓的佛堂不大，大約只有三個房間那麼大，比供奉九蓮菩薩的英華殿小多了。紅色的供桌上供奉了六尊形態、大小不同的文殊菩薩佛像，佛像前擺滿了佛塔、佛壇、珊瑚樹和各種貢品，牆壁上掛著金絲織成的佛像畫像，和故宮裡的其他佛堂相比，這裡看不出有什麼特別。只是，所有的地方都落著厚厚的灰塵。

「真不明白你有什麼可擔心的，這裡不是很寬敞嗎？我們根本不可能碰到什麼。喵。」梨花仔細看著那些佛像和畫像，嘴裡還嘟囔著：「我怎麼會忘了帶相機呢？我要寫一篇《梵宗樓大揭祕》的新聞，把看到的一切都寫下來，一定會受到大家歡迎。」

說著，她輕輕摸了摸旁邊金光閃閃的佛壇，像被電擊了一樣，她飛快地收回了爪子。藍色的火星在佛壇上飛濺，直濺到了牆壁上。

「不要碰！」

老虎推開梨花，梨花一個跟頭撞到掛著的一幅佛的畫像上，畫像立刻散出一股黃煙，我咳嗽起來。

「咳咳，咳咳……」我捂住嘴。

煙霧更濃了，佛堂裡煙霧瀰漫。我趴到地上，梨花的眼睛已經睜不開了，狻猊不知所措，只有老虎，努力地爬到畫像前，三叩九拜後，又胡亂地在畫上按了一通。

忽然間，我感覺到臉上吹來了一股涼風。我使勁地揉了揉流著眼淚的眼睛，抬頭望去。黃煙已經被老虎截斷，狻猊撞開了大門，涼爽的晚風吹散了佛堂裡刺鼻的黃霧，終於可以呼吸了。

「這是什麼玩意兒？喵。」梨花滿臉眼淚。

「妳用妳的髒爪子碰了無量壽佛的壇城。」老虎生氣地說，「那點火花不過是佛祖對妳的一點警告。但是妳又撞到了雄威法帝護法的畫像，他可沒有那麼好的脾氣，恐怕他一生氣打開了地獄之門，剛才那些黃煙是地獄的空氣。」

「這可不太妙。喵。」

梨花害怕地看著雄威法帝護法的畫像，不停地行禮。

「好了。」老虎接著問，「你們還要上樓嗎？」

「上樓？」我身上的汗毛都立起來了。剛才經歷的事情讓我明白，這裡不是一般的佛堂，這裡到處都佈滿了危險的機關，隨時都有可能會沒命。

「我想……」我剛打算拒絕，卻被怪獸狻猊打斷了。

「要上去。」他說，「我們來這裡是為了證明你的身分，在沒有完成任務前，我們不會離開這裡。」

老虎嘆了口氣，說：「那就走吧！不過千萬記住，什麼都別動。」

說著，他邁上了樓梯。

樓梯上鋪著厚厚的棕色地毯，老虎走在前面，狻猊跟在他身後，我和梨花哆哆嗦嗦地走在最後面。

二樓和一樓完全不一樣。它的正中間供奉著大威德金剛。這個金剛是藏傳佛教中最威猛的神，具有巨大的神力，他有九個頭，三十四條手臂，十六隻腳。正面那張臉是牛臉，最上面是文殊菩薩和善的面孔，其餘的七張臉都露著長長的獠牙，可怕極了。傳說中他可以降伏所有的妖魔鬼怪，經常會被人當作戰神供奉。

他的旁邊掛著各種野獸皮做成的旗子，豹皮旗、虎皮旗、狼皮旗、貂皮旗、狐狸皮旗……到處瀰漫著恐怖的氣氛。

老虎揚揚下巴說：「那就是我的位置。」

我們順著他指的方向望過去，佛像前，一隻木虎立在那裡，一雙眼睛睜得又圓又大，彷彿隨時會跳起來。這隻木虎和我們身邊的老虎簡直一模一樣。

「你是一隻木虎？」狻猊問。

老虎點點頭說：「是的，我是戰神大威德金剛的守護神獸，保護著金剛和供奉在這裡的皇帝的戰袍。」

他指向另一側，那裡的紅色木箱上，擺放著一件繡著金龍的黃袍，和一身閃亮的盔甲。

狻猊往前走了兩步，想看清佛像的位置，就在這時，「嗖」地一聲，一根

尖銳的箭擦過他的耳邊飛去。

這實在太突然了，連勇猛無比的怪獸狻猊都被嚇了一大跳。

「發生了什麼事？」他站在那裡一動也不動。

老虎繞到他身後，悠悠地說：「你碰到了弓！」

「弓？這裡還有武器？喵。」梨花尖叫起來。

這時我們才發現，佛像的右側，也就是狻猊的身後，一個紅色木架上擺著一把彩色的弓弩。

「這是乾隆皇帝用過的弓，上面一直繃著一根箭。」老虎說，「還好沒有射中你，這根箭相當鋒利。」

狻猊的臉上冒出了汗珠，「我想我們該走了。」

「你們相信我了？」老虎得意地問。

狻猊點點頭，客氣地說：「如果時間方便的話，希望你能出席怪獸們的聚會。」

老虎微微一笑說：「我會找機會的。不過，我就不送你們下樓了。走出這裡很簡單，還是那句話，什麼也別碰。」

「我明白。」狻猊小心地轉過身，輕聲對我說，「妳最好兩隻手舉起來，小心不要碰到任何東西。直到走出梵宗樓為止，聽清楚了嗎？」

我哆嗦著點頭，雖然這幾天熱得要命，但是此刻我們都覺得冷得刺骨。

我高舉著雙手，小心翼翼地走下樓梯，連牆壁都不敢碰一下。又花了好長時間躲避一樓擺設的貢品，好不容易才移到了大門前。

走出梵宗樓，所有人都鬆了一口氣。好幾分鐘，我們什麼都不做，就站在那裡大口大口地呼吸著新鮮空氣。

「終於出來了。喵。」梨花癱倒在地上，「這個地方，我無論如何都不會再來了。」

「希望大家都記取教訓。」狻猊說，「不要隨便闖入陌生的地方冒險，哪怕它表面上看起來很安全。」

「還有就是，要聽從別人的忠告。」我接著說。

我們不約而同地回頭看了一眼那個不起眼的兩層小樓。

「怪不得它被鎖了這麼多年。喵。」梨花感嘆道。

「妳還要寫『梵宗樓大揭祕』的新聞嗎？」我問她。

「當然要寫！」梨花高聲說，「不過名字要改一改，改成『什麼都不能碰的梵宗樓』。」

國家圖書館出版品預行編目(CIP)資料

故宮裡的大怪獸 8：惡魔龍的眞相 / 常怡著； 么么鹿繪 .
-- 第一版 . -- 臺北市 ： 樂果文化出版 ： 紅螞蟻圖書發行，
2019.04
面； 公分 . --（小樂果 ；18）
ISBN 978-986-97481-7-9(平裝)

859.6 108001478

小樂果 18

故宮裡的大怪獸 8：惡魔龍的眞相

作　　者 ／ 常怡
繪 圖 者 ／ 么么鹿
總 編 輯 ／ 何南輝
行銷企劃 ／ 黃文秀
封面設計 ／ 引子設計
內頁設計 ／ 沙海潛行

出　　版 ／ 樂果文化事業有限公司
讀者服務專線 ／（02）2795-3656
劃撥帳號 ／ 50118837 號 樂果文化事業有限公司
印 刷 廠 ／ 卡樂彩色製版印刷有限公司
總 經 銷 ／ 紅螞蟻圖書有限公司
地　　址 ／ 台北市內湖區舊宗路二段 121 巷 19 號（紅螞蟻資訊大樓）
電話：（02）2795-3656
傳眞：（02）2795-4100

2019 年 4 月第一版 定價／ 250 元 ISBN 978-986-97481-7-9